Para Bruna e Alvaro, companheiros de jornada.

Roberta e eu:

Quando Roberta "mudou de endereço", eu, assim como todos que a conhecêramos lamentávamos que ela tivesse que partir tão jovem.

Algum tempo depois ela aparecia para mim, sempre sorrindo, até o dia em que pediu que eu levasse uma mensagem para a sua família. Eu levei as mensagens que ela mandou e a família dela me recebeu com muito carinho. Até hoje mantemos contato, e eles são muito caros para mim.

Roberta e eu prosseguimos com o nosso trabalho, e hoje ela presenteia o leitor com mais um pouco das suas histórias.

Roberta é doce e iluminada, e eu agradeço a ela pela oportunidade e confiança, e por nunca desistir de mim!

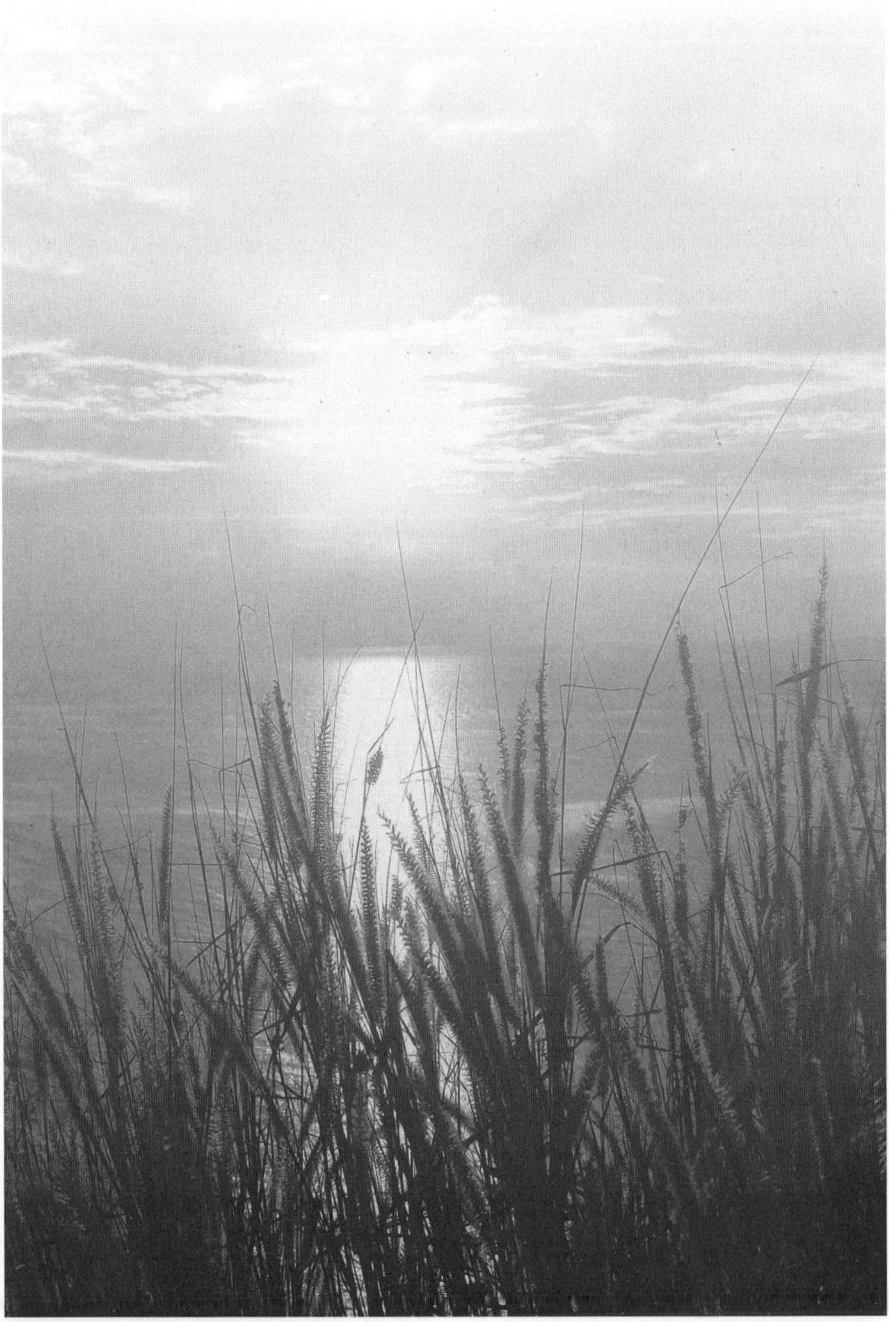

PELO ESPÍRITO ROBERTA

HISTÓRIAS DO OUTRO LADO DA VIDA

Marisa Fonte

PELO ESPÍRITO ROBERTA

HISTÓRIAS DO OUTRO LADO DA VIDA

Marisa Fonte

Marisa Fonte é professora e tradutora. Atua também como coach, palestrante e psicanalista. Entrou em contato com o espiritismo ainda jovem e psicografa há mais de trinta anos. Além de *Histórias do outro lado da vida*, publicou também *Caminhos cruzados* (pelo espírito Carmen), *Minha vida do outro lado da vida* (pelo espírito Roberta) e *Pequeno manual de sobrevivência para os dias atuais* (espíritos diversos).

Coordenação Editorial
Renato Leandro de Oliveira

Revisores - colaboradores
Edson de Oliveira
Bruna Fonte
Valmiria Duarte

Capa: Luiz Antonio Gonçalves

Diagramação: Luiz Antonio Gonçalves

1ª Edição – Fevereiro de 2019
3.000 exemplares

CEAC
EDITORA

Edição e Distribuição
Rua 15 de Novembro, 8-55
Fone: (14) - 3227-0618
CEP 17015-041 – Bauru/SP
www.editoraceac.com.br
www.ceac.org.br

Dados Internacionais de Catalogação na Publicação– CIP

R638h Roberta (Espirito).

Histórias do outro lado da vida / do Espirito Roberta; psicografado por Marisa Fonte. -- Bauru, SP: CEAC, 2019.

144p.; 15 x 23 cm

1. Espiritismo 2. Psicografia espírita 3. Mundo espiritual I. Fonte, Marisa II. Titulo.

CDD 133.9
CDU 133.7
CDE 80.02.00

Índice para catálogo sistemático:

1. Espiritismo
2. Mundo espiritual

Sumário

Algumas palavras do espírito Roberta

A curiosidade de saber o que acontece quando deixamos a Terra é comum a todos aqueles que veem partir um ente querido. O destino de cada um é tão particular como foi a vida que viveu enquanto encarnado. Em geral, a vida continua mais ou menos da forma como era aqui, pois, uma vez que cada qual tem o seu livre arbítrio, pode escolher onde ficar. Assim, aqueles que gostam de estudar buscam aprender cada vez mais, os que gostam de ajudar buscam trabalho nesse sentido, e assim por diante.

Muitas vezes ouvimos que a Terra é uma cópia do que encontramos do outro lado, e isso é verdade. Embora sejamos imortais, não é lícito desperdiçar a nossa existência. É preciso que estejamos sempre abertos a aprendizados úteis e edificantes a fim de aproveitarmos as oportunidades que nos aparecem a todo o momento.

Vários leitores já conhecem o início da minha trajetória, que foi narrada anteriormente no livro *Minha vida do outro lado da vida.* Muitos anos se passaram desde que dividi com vocês como foi a minha chegada ao mundo espiritual. Quero desta vez falar um pouco sobre o que aconteceu depois dos fatos narrados naquela ocasião.

Espero que o leitor aprecie esses breves relatos que têm por objetivo mostrar que vale a pena persistir no bem, e caminhar na luz que nosso mestre Jesus deixou para que seguíssemos com segurança a nossa vida, não importando de que lado estejamos.

Com carinho,

Roberta

Prefácio

Conheci Roberta pouco depois que ela chegou aqui do outro lado da vida. Ela sempre se mostrou alegre - até mesmo nos momentos de tristeza, quando a saudade dos que havia deixado na Terra batia forte.

Ela foi sempre um exemplo de coragem e de perseverança para cada um de nós.

Superou muitas dificuldades íntimas até que se tornasse esse ser iluminado que aprendemos a amar e respeitar. Sempre disposta a aprender e compartilhar o seu conhecimento, tem sido de grande valia em todos os lugares por onde passa. Seu largo sorriso acolhedor nos faz acreditar em dias melhores e em novas possibilidades. Somos todos muito gratos e felizes por conhecê-la e termos o privilégio de junto dela executarmos tantas tarefas edificantes.

Certamente, o leitor haverá de encontrar nestas páginas muitas respostas e ótimas diretrizes para viver sempre da melhor forma, independentemente do lado da vida em que esteja.

Que o amor de Jesus nos envolva a todos.

Álvaro Ramos da Fonte

Prólogo

O dia estava claro e todos que precisavam cuidar dos seus afazeres já se preparavam para começar as suas tarefas.

No apartamento decorado com bom gosto achava-se uma mulher que amargurada pensava no porquê de a vida haver lhe tirado a filha querida. Lágrimas sentidas brotavam dos olhos tristes. A filha era eu, Roberta, e por mais que procurasse animar a mãe querida, ela continuava envolvida nos íntimos pensamentos que a torturavam.

— Sim, sei que ela está bem — pensava ela —, mas poderia estar aqui com a gente. Que saudade!

Em várias ocasiões presenciei cenas como esta, e procurei acalmar a mãe amorosa, sentindo a sua tristeza e desânimo. Não que eu também não estivesse me sentindo profundamente triste com a situação como um todo, pois eu havia saído da vida que conhecia até então com apenas 23 anos, com a cabeça cheia de planos e deixando deste lado muitos afetos. Mesmo entendendo que tudo estava certo da maneira como havia acontecido, me entristecia demais ver o sofrimento daqueles que haviam ficado. Quando superei a tristeza, me senti desconfortável, pois no início sentia que de alguma forma estava traindo aqueles que me amavam por não mais estar compartilhando desse sentimento. Acontece que, com o tempo, o entendimento faz com que a tristeza dê lugar a uma imensa saudade - essa sim companheira constante, seja lá qual for o lado da vida no qual estamos.

Assim é a vida: nunca estamos, de fato, preparados para nos separarmos dos nossos entes queridos, principalmente se estes são filhos cuja partida antecede a dos pais, uma vez que é senso comum achar-se que os filhos enterram os pais, e não o contrário.

Nestes anos, aqui do outro lado da vida, tenho presenciado muitas cenas nas quais a saudade maltrata tanto quem está de um lado da vida quanto quem está do lado aposto.

Naturalmente, nestas páginas não será possível resolver tal situação, mas meu desejo é mais uma vez comprovar a continuidade da vida, e assim, quem sabe, secar algumas lágrimas.

Depois dos fatos narrados no livro *Minha vida do outro lado da vida* continuei a auxiliar e a estudar, sempre procurando progredir. Se os primeiros tempos foram de adaptação, o que veio em seguida foram dias de muitas descobertas e de muito aprendizado. Cada novo ensinamento que me era passado constituía verdadeira descoberta de tesouros que a alma inquieta ansiava por assimilar. Aos poucos, a tranquilidade tomou conta de mim, e os pensamentos se organizaram de forma ainda mais ordenada, possibilitando o cumprimento das tarefas que eu me dispunha a realizar.

Capítulo 1

Embora os primeiros dias do outro lado da vida tivessem passado em branco, não demorou muito para que eu despertasse de um sono reparador.

Antes de partir estivera internada em um hospital, onde apesar de ter sido bem tratada e de terem sido feitos os esforços possíveis, desencarnei. Fui desligada do corpo físico e no Plano Espiritual recebi o tratamento necessário para que pudesse me recuperar.

Muitos ainda acham estranho que desencarnados falem de hospitais, escolas, diversão e outras atividades aqui do outro lado da vida. Por isso, quero mais uma vez — pois muitos já o fizeram — dizer que aqui realizamos muitas das atividades que realiza o encarnado, lembrando que — como também já foi dito antes — a Terra é uma cópia grosseira do que existe aqui do outro lado. Naturalmente, existem os lugares de muita luz e outros ainda não iluminados, mais uma vez, como acontece na Terra.

Gostaria de ressaltar que algumas observações aqui encontradas serão descritas como muito básicas. Porém, penso no leitor que nunca tomou nas mãos um livro com esse teor, e a quem pode causar estranheza tal leitura. Penso que, com as devidas elucidações, a leitura venha a se tornar mais interessante para estes. Portanto, peço àqueles que já possuem mais conhecimento, que me perdoem pela inserção desses esclarecimentos.

Num primeiro momento, tudo o que eu queria era ter de volta a minha vida conforme eu a vivera na Terra, e confesso que muitas vezes chorei e até senti uma certa revolta. Por que pessoas jovens e crianças são arrancadas do lar onde viviam quando ainda havia tanto a ser feito? Que motivos levam os mais jovens a forçosamente terem que viver longe dos seus afetos, abandonando ou deixando pela metade as coisas que lutaram para alcançar, sem ao menos desfrutarem de tudo o que conquistaram?

Tais pensamentos muitas vezes entorpeceram o meu entendimento e a minha capacidade de raciocínio. Conheci jovens que haviam acabado de entrar na faculdade, outros que haviam terminado seus cursos sem sequer poderem dar início às carreiras que os estudos lhes permitiriam seguir, e naquele momento achei tudo muito injusto. Mas, ao conhecer cada uma das histórias, tudo foi fazendo sentido.

A revolta foi dando lugar ao entendimento, a tristeza deu lugar à gratidão, e em pouco tempo tudo foi se modificando. Quando enxerguei tudo isso de maneira clara, com lucidez e entendimento, o pranto rolou, mas por outro motivo. Podia agora sentir o amor e a misericórdia infinita sempre presentes nas nossas vidas sem que na maior parte do tempo nos apercebamos de todo esse processo.

Estávamos certa tarde em um grupo. Éramos todos jovens e nos sentíamos — quase todos — como acabei de descrever. Havíamos despertado do nosso sono em um lugar desconhecido, e por mais que quiséssemos voltar para os nossos antigos lares tal não era permitido. Muitos de nós não entendêramos ainda que estávamos em outra dimensão da vida, e assim nos julgávamos prisioneiros naquele lugar desconhecido. Na verdade, os nossos cuidadores evitavam que saíssemos, pois sabiam dos vários perigos aos quais estaríamos expostos longe da fortaleza que nos abrigava.

Questão 234 de "O Livro dos Espíritos", item - Mundos Transitórios:

234 – "Há de fato, como já foi dito, mundos que servem de estações ou pontos de repouso aos Espíritos errantes? (Espíritos errantes: não encarnados, durante os intervalos de suas existências corpóreas)

RESPOSTA - "Sim, há mundos particularmente destinados aos seres errantes, mundos que lhes podem servir de habitação temporária, espécies de bivaques de campos onde descansem de uma demasiada longa erraticidade, estado este sempre penoso.

André Luiz, em suas obras psicografadas por Francisco Xavier, dentre elas *nosso lar*, informa sobre a vida nas três primeiras esferas espirituais próximas da crosta terrestre. Em cada uma delas encontram-se espíritos em condições evolutivas semelhantes. Ele nos conta que nessas esferas existem casas, escolas, hospitais, da mesma forma que encontramos aqui na Terra.

Os espíritos podem apresentar-se vestidos conforme o seu desejo, e também modificar a sua aparência, mas, naturalmente, isso depende da sua condição evolutiva. Quando eles ainda não possuem tal condição, terão suas roupas confeccionadas pelo departamento encarregado de tal função.

Muitos espíritos ainda têm a necessidade de alimentar-se de sucos, sopas e frutas. Conforme evoluem, já não necessitam desse tipo de alimento. O sono também passa a ser cada vez menos necessário. O transporte é realizado por meio de veículos, que passam também a não ser mais necessários conforme o espírito aprende a volitar (deslocar-se no espaço). Quando mais evoluídos, os espíritos comunicam-se pelo pensamento, não tendo a necessidade de falar. Os espíritos nas colônias espirituais trabalham, estudam, repousam e têm momentos de lazer.

Ao desencarnar, o Espírito pode continuar vivendo na Crosta Terrestre (dentre outros fatores, por não entender sua situação atual, por estar ainda apegado a pessoas e lugares, por querer continuar alimentando vícios como o uso de drogas lícitas ou ilícitas, comida e sexo, sentimentos inferiores); ficar no Umbral (onde permanece até que deseje ser resgatada, queira reparar algum mal que tenha causado, se arrependa de algum mal que causou; se não deseja ser resgatada fica no lugar que escolheu) ou vai viver em uma Colônia Espiritual.

Quando Mari chegou apresentou-se a nós como instrutora.

— E quer instruir sobre o quê? Disse Rodrigo, um dos colegas. Ele havia desencarnado aos 20 anos. Era estudante de publicidade. Um acidente de moto havia arrancado Rodrigo do corpo físico. Ele estava alcoolizado e perdera a noção da velocidade em que estava correndo. Era um tanto quanto petulante e desbocado, mas bastante alegre.

Mari olhou para ele entre divertida e autoritária e respondeu.

— Estou aqui para dar instruções sobre a vida.

Rodrigo ia responder, mas fez um gesto de descaso e olhou para o outro lado.

Conversando depois com os outros, chegamos à conclusão de que todos haviam pensado a mesma coisa: "o que essa mulher, tão jovem como nós, tem a nos ensinar?" De todo jeito, por educação, apesar de alguns terem bem pouca, deixamos que ela falasse.

— Antes eu gostaria que cada um se apresentasse.

— A gente já se conhece — disse Caio.

— Mas ela não conhece a gente — defendeu Luciana.

— Vamos deixar a moça falar? — Era Dani, sempre procurando manter a paz.

Mari sorriu tranquilamente e não demonstrou qualquer incômodo pela nossa insolência e pouco caso.

— Eu começo. Sou Daniela. Todos me chamam de Dani. Aquela mania que o povo tem de dar nome comprido e depois só usa o apelido curto, não é? Ela riu e todos concordaram. Sou modelo fotográfico. Um dia desmaiei no meio do ensaio porque estava sem comer há um tempão. Aí vim para o hospital e desde então estou prisioneira neste lugar. É isso!

— Sou Fábio. Como todos que aqui estão, também estou cheio desse lugar. Não sei que dia é. Todos aqui perdemos a noção do tempo! Aliás, não sei o que pretendem segurando a gente aqui.

Ele ia continuar a falar mais, mas Mari possuía uma espécie de magnetismo que parecia — embora de maneira gentil — impor o que era esperado que fizéssemos. Ela olhava Fábio com carinho. Ele, como criança repreendida, voltou ao assunto.

— Deixa pra lá. Eu estava indo para a faculdade, mas quando fui atravessar a rua um louco cruzou o sinal vermelho e me atropelou. É a última coisa da qual me lembro. Acordei aqui, onde estou incomunicável. Nesse hospício não tem telefone, ninguém vem visitar a gente, e estamos prisioneiros não sei de quem. Já conversamos sobre isso; nenhum de nós é milionário para quererem resgate por nós. Estão perdendo o seu tempo, e o nosso também.

Mari limitava-se a nos fitar, o que irritava ainda mais a todos. Todos queriam, mesmo sem nada dizer, acabar logo com aquilo para sair dali, embora também não houvesse muito o que fazer fora daquele ambiente, uma vez que cada qual se encontrava dentro do seu próprio questionamento acerca daquele lugar e do que estava fazendo ali, e assim, não tinha nada de interessante para ocupar o tempo.

— Sou Luciana. Sou médica recém-formada. A última lembrança que tenho é de uma briga entre policiais e bandidos quando eu estava saindo do banco. Levei um tiro e vim parar nesse lugar.

— Sou Caio e não gosto de estar aqui — fez questão de registrar. — Tenho uma loja de roupas. Bem, é da família, mas sou eu quem cuida de lá. Eu estava no sábado à noite com alguns conhecidos e passei mal.

Mari fixou o olhar em Caio, esperando que ele continuasse a falar. Ele olhou para baixo. Mas ela continuou olhando para ele, como se esperasse que ele prosseguisse na sua narrativa. Caio demonstrou inquietação diante daquela insistência muda. Contrariado continuou.

— Estávamos relaxando um pouco. Bebemos um pouco.

Mari olhou para Caio de maneira indescritível, como se quisesse arrancar dele uma confissão.

— Ok. Bebemos demais.

Desta vez, Mari olhou com ar de aprovação.

— Aí cheiramos.

Todos se entreolharam. Não conhecíamos essa parte da história. Mari olhou cada um de nós com ar de reprovação, como se lesse nossos pensamentos perante a declaração de Caio. Ele continuou.

— Senti meu corpo estranho.

As recordações pareciam trazer muito desconforto para ele. Seu rosto mostrava talvez uma dor que desconhecíamos. Creio que naquele momento todos sentiram compaixão. Ele começou a falar, como se de repente uma porta tivesse sido aberta e ele pudesse dar vazão aos próprios sentimentos.

— Meus pais sempre foram bons comigo. Tenho uma irmã dois anos mais nova. Na verdade, ela já morreu. Depois de uma longa doença ela se foi. Meus pais estavam cansados e tristes. Eu comecei a achar que não gostavam de mim, e por algum motivo preferiam que eu tivesse ido no lugar dela.

— Por que acha isso? — Perguntou Dani.

— Não sei. Sempre achei que gostavam mais dela. Bom, é isso. Comecei a sair com esses caras. Eles me ofereciam essas coisas. Eu não gosto muito, mas por algum motivo não consigo parar. Faltou você falar — disse ele olhando para mim.

Automaticamente respondi.

— Sou Roberta. Estava em um hospital. Minha doença foi descoberta e logo fui transferida para cá.

Mari me fitou com olhar de aprovação, e em seguida olhou para Rodrigo.

— O que quer? — Disse com rispidez. — Vai dizer também que estou bebendo demais? Já sei. Depois vou parar. Eu sei que o acidente aconteceu por eu ter bebido demais. Mas não enche, tá? Já sei que vou escutar demais dos chatos todos, principalmente da minha mãe. Do meu pai nem tanto; ele não liga pra nada e enche a cara todo dia. Mas a chata de minha mãe... essa vai falar até a língua arder.

Mari olhou para ele com compaixão. Todos nós, na verdade, nos sentimos mal com aquela explosão de revolta. Quando percebeu que todos haviam, de certa forma, colocado um pouco para fora a raiva devido àquela situação, Mari finalmente começou a falar conosco. Sua fala era tranquila e essa calma amorosa nos envolveu a todos.

— Muito me alegra estar com vocês. Quero que saibam que daqui em diante sempre poderão contar comigo para tudo o que precisarem.

Rodrigo interrompeu bruscamente. De modo rude, falou:

— Tudo de que preciso é sair daqui.

Mari olhou para ele maternalmente. Disse com suavidade:

— Fique calmo. Logo falaremos sobre isso. Mas, saiba que, no momento, este é o melhor lugar em que você poderia desejar estar.

Ele ia falar novamente, mas ao olhar para ela, que nos transmitia uma liderança amorosa, abaixou os olhos, encolheu os ombros e se calou.

— Cada um de vocês foi trazido para cá, recebeu os cuidados necessários e hoje já está bem melhor. Todos se sentem bem, não é verdade?

Todos concordaram.

— Sentem dores?

Todos negaram.

— Bem, já notaram que aqui não há telefones. Sei que muitos pensam que estão presos aqui.

Alguns acenaram afirmativamente.

— Sei bem como é essa sensação — disse Mari sorrindo.

Seu sorriso fazia com que seu rosto se iluminasse ainda mais.

— Já passou por isso?

— Sim, disse ela. Querem ouvir a minha história?

— Todos queremos, não? Disse Fábio.

Os outros assentiram. Mari não se fez de rogada.

— Bem, eu era estudante de direito. Estava no meu último ano de curso. Assim como você, Roberta, eu fiquei doente; descobri a doença e de uma hora para outra estava no hospital. Porém, eu não era tão tranquila como você. Pelo contrário, dei muito trabalho para os meus pais. Me ausentava de casa sem dar notícias. Meus pais não sabiam onde eu estava e morriam de preocupação, principalmente a minha mãe que chegou a ficar doente por causa de tanta aflição.

— As mães são sempre as mais chatas, né? Ninguém deveria ter mãe - disse Rodrigo.

Mari interrompeu amorosamente.

— Um dia você vai entender melhor, mas saiba que os laços energéticos e amorosos que quase sempre unem mães e filhos são poderosíssimos. Claro que existem vários tipos de mães. Mas, aquelas que de fato amam os filhos, têm com eles uma ligação que jamais será rompida por mais adversas que sejam as situações. São laços inquebrantáveis que dão aos filhos a certeza e a segurança de que alguém em algum lugar vela por eles. Isso é quase sempre imperceptível. Os filhos amados não sabem de onde vem tal sentimento, tal força. Mas, ela reside nesse amor incondicional que esse ser tem pelo outro que chama de filho. Não é à toa que ela carrega dentro de si a nova vida.

Mari fez uma pausa. Rodrigo tentava não mostrar as lágrimas. Quem sabe no que estaria pensando naquele momento? Ela continuou.

— Quando adoeci pude compreender que a minha conduta não estava me levando a nenhum lugar que não fosse o sofrimento. Como vocês, disse olhando para Caio e Rodrigo, abusei do álcool e das drogas.

Os rapazes se entreolharam sem acreditar. Então aquela criatura tão doce e com jeito de "certinha" havia sido como eles? Ela pareceu ler os pensamentos de todos nós.

— Sim, sei que reprovam, sei que parece mentira. Como estou aqui querendo ajudar se já passei pelo mesmo que alguns de vocês? Bem, essa é a primeira lição: podemos mudar se quisermos. E a segunda, vem das palavras de Jesus: "Não julgueis". Nós estamos sempre com o dedo pronto para apontar para o outro dando a ele lições de conduta. Mas, nos esquecemos de olhar para os nossos próprios defeitos e ver que há muito em nós que podemos melhorar.

Ficamos um pouco desconcertados. Sim, julgáramos cada um que havia falado. E como era fácil encontrar alguma coisa negativa para pensar sobre cada um — refleti.

— Quando fui trazida para cá estava muito agitada. Só me lembro que dei bastante trabalho.

Sorrindo, ela concluiu:

— Bem, devem estar cansados. Acho que por hoje já está bom. Amanhã nos encontraremos aqui no mesmo horário. Pode ser?

— Você não deu a explicação que queremos — disse Caio um tanto tímido.

Ela respondeu docemente:

— Ainda não. Mas amanhã falaremos sobre isso. Quero que vocês pensem e procurem descobrir o que estão fazendo aqui e que lugar é esse. Só que desta vez quero que reflitam sobre o assunto de maneira calma, com bastante concentração. Deixem o pensamento fluir com tranquilidade, e amanhã falaremos sobre as impressões de cada um.

Ela sorriu, acenou, e se foi. Deixou em nós um sentimento de tranquilidade e paz, mas também um ponto de interrogação sobre o que estava se passando naquele lugar onde tudo parecia misterioso demais.

Cada qual, naquele dia, dirigiu-se aos próprios aposentos sem nenhum comentário sobre a reunião, menos eu que fui chamada por Mari, que me pedira que a ajudasse a amparar os irmãos quando estes se dessem conta de que haviam desencarnado, pois essa era uma tarefa à qual eu havia me proposto.

Capítulo 2

No dia seguinte chegamos todos com bastante antecedência, como se isso fosse mudar algo em relação à ansiedade que sentíamos. Eu também estava ansiosa, mas por motivo diferente: fazia algum tempo que entendera que havia desencarnado e Mari me pedira que estivesse presente na reunião e que começasse a preparar os outros antes da sua chegada.

— Vocês estão bem? — Perguntei.

Todos me olharam com um ar de interrogação. Rodrigo, um pouco irritado, ia falar alguma coisa, mas deu de ombros e desistiu.

— Estou confusa — disse Luciana.

— Eu também — concordaram Dani e Caio.

— Eu não sei o que pensar — completou Fábio.

— Bem — comecei meio sem saber o que dizer — acho que é natural a gente se sentir assim. — Eles sorriram. Como se inspirada por algo externo, continuei — Nós estamos aqui para recebermos o que necessitamos e devemos confiar que seja lá o que for que nos tenha acontecido foi o melhor para aquele momento.

— Para com isso — disse Rodrigo. — Quer me dizer que foi bom ter sofrido o acidente de moto e que é bom estar aqui no hospício? — Ele riu debochado.

— Aqui não é um hospício. É um local de tratamento. Estamos recebendo o melhor para a nossa recuperação.

— Bem, cuidados de fato não nos faltam — disse Caio.

— Precisamos confiar.

— Você é uma chata — disse Rodrigo mal-humorado. — Fui!

Ele ia levantar para se retirar quando Mari chegou, mais cedo do que o combinado.

— Bom dia — disse ela amavelmente.

Todos sorriram, menos Rodrigo que fazia questão de demonstrar a sua contrariedade.

— Olha, o dia não está bom, a vida aqui é uma droga e eu quero sair desse hospício, disse ele destacando a palavra "hospício" e olhando para mim com ar de deboche mais uma vez.

Eu desviei o olhar compadecida do seu sofrimento.

— Vamos falar sobre o que pensaram e a que conclusões chegaram — disse Mari ignorando a ironia.

— Eu acho que estamos prisioneiros. Mas não entendo o porquê — disse Luciana. Dani e Caio concordaram.

Fábio respondeu:

— Cheguei a pensar em sequestro.

— E eu acho que todo mundo aqui é louco! — acrescentou Rodrigo.

— Roberta? E você? O que acha?

— Eu acredito que estamos aqui para nos prepararmos para novas descobertas e evoluirmos.

— Essa não! — disse Rodrigo.

— Bem, é isso mesmo — disse Mari.

Rodrigo fez que ia falar, mas como sempre deu de ombros e se calou.

— Estão sentindo dores? Algum desconforto? — perguntou Mari.

— Sempre desconversando — resmungou Rodrigo.

Mari ignorou o comentário e todos disseram que não.

— Ótimo. Eu quero que pensem nos corpos de vocês. Vamos fazer um exercício. Fechem os olhos, por favor. Respirem fundo e sintam o seu corpo.

Depois de alguns minutos cada qual falou um pouco sobre como se sentia, e todos concordaram que estavam mais "leves".

— E aí, sentem-se bem?

Todos afirmaram que se sentiam muito bem.

— E se sentem vivos, eu suponho?

Mais uma vez todos concordaram. Rodrigo já demonstrava muita impaciência, mas Mari não se abalou.

— E se eu dissesse que vocês estão em outro plano? Que já não têm mais aquele corpo que pensam ter?

— Eu diria que aqui é mesmo um hospício e que você é a chefe louca desse lugar! — disse Rodrigo gargalhando freneticamente.

Mari aproximou-se dele e o envolveu em fluídos calmantes. Ele começou a chorar e se abraçou a ela que o acolheu com doçura.

— Eu não quero! Não aceito! Não morri! Diga que não morri!

— Você não morreu, meu irmãozinho. Ninguém morre.

Todos choravam e eu os abracei em um grande abraço no qual nos unimos todos. A constatação de que estavam do outro lado da vida afetava cada um de forma muito dolorosa. Após alguns minutos todos se acalmaram e Mari conseguiu explicar melhor.

— Quando estamos na Terra normalmente nos ocupamos das coisas mais imediatas ao nosso redor. Cada um busca satisfazer as suas necessidades da maneira que julga mais conveniente para si. São poucos os que procuram entender e que conseguem aceitar que aquela vida é apenas um dos capítulos do infinito livro da vida. Dessa forma, falar na morte do corpo físico é quase sempre motivo de pavor e desespero. Não apenas nos desesperamos quando alguém parte, mas também não aceitamos o fato de que não somos imortais na carne. Nosso espírito é imortal, mas a carne perece. O corpo é um invólucro, e como tal se deteriora.

— Não é justo! — disse Rodrigo um pouco mais calmo.

Mari sorriu de forma acolhedora, e segurando as suas mãos, falou:

— Sei que parece que não. Mas, se pudéssemos conhecer nosso passado entenderíamos o nosso presente, e veríamos então, que está tudo certo.

— Mas, sendo assim esse passado deveria ser revelado para que pudéssemos rever melhor o presente — refletiu Luciana.

— Não estou acompanhando muito bem essa conversa — disse Fábio. — Estou confuso.

Mari retomou as explicações.

— Nós já vivemos outras vidas. A última encarnação na Terra não foi a primeira vez que vivemos na carne.

— Acho difícil entender isso. Aceitar então... — disse Dani.

— Pois é. O fato de aceitarmos ou não, certamente não mudará as leis da vida. Nós nascemos e morremos uma porção de vezes. Cada nova vida traz aprendizados, aperfeiçoamento moral e novos desafios. Vamos assim melhorando nossa conduta, aprendendo a lidar com as novas situações.

— Ou não, né, Mari? — Disse Rodrigo rindo.

Todos rimos da espontaneidade dele. Mari continuou.

— Nossa vida não segue um roteiro. A cada dia nós vamos aprendendo a contornar obstáculos. E, reagir cada vez melhor a cada nova situação é também um aprendizado. Mesmo quando não temos tal consciência vamos caminhando em direção à nossa evolução pessoal. E cada um caminha dentro das próprias possibilidades, dentro do próprio ritmo. Todos chegaremos ao mesmo lugar. Mas, cada um no seu próprio tempo

Ficamos em silêncio. Cada um parecia de repente fazer a retrospectiva da sua trajetória mais recente. Depois de algum tempo Mari falou:

— O que fica para trás deve ser encarado como lição. Nenhum juiz nos condena. O que importa é nos fortalecermos com aquilo que foi aprendido e fazer melhor da próxima vez.

Quase ao mesmo tempo, suspiramos e sorrimos.

— Sim. Da próxima vez faremos melhor! — Disse ela.

E mais uma vez nos abraçamos todos. Lágrimas de alívio, desabafo e até de alegria se misturavam a sorrisos e gargalhadas. Agora todos sabiam onde estavam e o que havia acontecido. Fazia algum tempo que eu entendera que já não pertencia mais à Terra, e estava naquela colônia a fim de ajudar e aprender.

Após haver estagiado algum tempo na colônia dos jovens desencarnados, trabalhei também com crianças, adultos e idosos. A ideia era que eu aprendesse um pouco sobre cada uma dessas fases da vida terrena, para depois contribuir com todos de modo geral.

Para mim, ter deixado tudo para trás ainda tão jovem gerara muita contradição. Se por um lado eu procurara entender o que havia ocorrido, por outro não me conformava em ter que ir viver em um lugar onde tudo era tão diferente. Sentia-me como uma planta arrancada de um jardim onde vivia feliz e harmoniosamente.

Reforço, mais uma vez, que a ideia de nos prepararmos para essa "mudança de endereço" e de refletirmos sobre isso enquanto ainda estamos encarnados, facilita não apenas o nosso desenlace do corpo físico, mas também a nossa adaptação às novas condições de vida que teremos.

No início, é como se chegássemos a um país estrangeiro que – embora tenha as mesmas características às quais estávamos habituados – exige que nos coloquemos em constante processo da aprendizagem, pois os costumes, por vezes, são muito diferentes daqueles aos quais estávamos habituados. Essa nova experiência pode ser mais ou menos penosa: vai depender de vários fatores, entre os quais, a aceitação da nova realidade.

A meu ver, o que nos causa o maior choque ao desencarnar é o fato de sermos levados – na maioria das vezes – sem qualquer aviso. Quando nos damos conta, já estamos em outra dimensão. Por outro lado, poucos de nós teriam a serenidade necessária para fugir do desequilíbrio que a certeza da partida nos causaria. Portanto, mais uma vez precisamos admitir que as leis são sábias e justas, e que estão na medida certa das nossas necessidades. Sabiamente, essas leis ocultam de nós quem e como fomos e também não revela por quanto tempo ficaremos encarnados.

Por tudo isso, o que posso falar para você leitor, é que precisamos viver a vida da melhor forma possível, e como disse o meu amigo Álvaro, "com a responsabilidade de saber que se é imortal".

Por mais que coloquemos sobre ombros alheios as nossas responsabilidades, elas continuam nos pertencendo. De nada adianta culpar os outros pelas nossas fraquezas, pelas nossas dificuldades em relação a manter-se no caminho mais acertado para buscar a nossa plenitude. Por exemplo, alguém que teve uma infância difícil, pode conformar-se em passar o resto da vida remoendo tal fato, ou pode buscar a saída para eliminar tais traumas e sentimentos negativos, e fazer com que a continuação da sua vida seja boa, apesar do início desfavorável. Assim é que vamos tirando do nosso caminho todos os motivos de sofrimento, de frustração, de revolta, e outros que não trazem absolutamente nada de positivo para a nossa jornada em direção ao nosso próprio desenvolvimento.

Capítulo 3

Pouco depois da minha chegada ao outro lado da vida, senti que estava pronta para fazer qualquer trabalho que pudesse preencher os meus dias, e me ajudar ao menos a me sentir útil de alguma forma, uma vez que já não podia mais estar com aqueles que amava. Foi nessa ocasião que fui convidada a trabalhar com crianças recém-desencarnadas. Nessa fase, os conhecimentos que eu adquirira no período em que havia dado aulas me serviu bastante. Fui encarregada de dar a essas crianças aulas sobre assuntos diversos na área da evangelização infantil. Não eram aulas voltadas à religião, mas sim aos ensinamentos universais deixados por Jesus, e por tantos outros que se seguiram, em relação ao amor, à caridade, ao respeito, à indulgência, e a outros temas que tinham como objetivo despertar ou sedimentar nos pequenos os mais nobres sentimentos e as atitudes mais certeiras.

No início, apesar de estar muito empolgada, tive receio de não corresponder ao que se esperava de mim. Porém, bons amigos logo me ensinaram que quando fazemos o nosso trabalho com boa vontade, e damos o melhor de nós, quando executamos as nossas tarefas com alegria e entusiasmo, buscando colocar em tudo a nossa emoção, o resultado é sempre positivo. Dessa forma, fui cada vez mais me aprimorando, e obtendo sempre resultados que satisfaziam aos pequenos, aos meus superiores, e a mim.

Quero contar um pouco sobre essas histórias que vivenciei. Tudo o que será narrado tem o consentimento das crianças envolvidas. O objetivo ao contar esses fatos é exemplificar, demonstrar que o bem sempre triunfa – mesmo que às vezes tenhamos a impressão do contrário – e encorajar a todos a continuar insistindo em fazer o que é bom e correto.

Este trabalho foi realizado próximo dos Estados Unidos, mais precisamente na região acima do Texas.

As questões 197, 198 e 199 de "O Livro dos Espíritos" abordam o tema. A questão 197 deixa claro que "o espírito de uma criança que desencarna em tenra idade pode ser mais avançado do que o de um adulto, pois este pode ter vivido muito mais e ter experiência, principalmente se progrediu".

A questão 198 nos diz que "o grau de pureza do espírito de uma criança que morre em tenra idade, e que, portanto, não praticou o mal, ocorre pelo progresso que tal espírito já realizou", tornando equivocada a ideia de que o simples fato do desencarne na idade infantil levará o espírito imediatamente para esferas superiores.

A questão 199 responde à pergunta do motivo pelo qual tão frequentemente a vida se interrompe na infância. E a resposta é a seguinte: "A duração da vida de uma criança pode ser, para o Espírito que nela está encarnado, o complemento de uma existência anterior, interrompida antes do tempo. Sua morte, não raro, é também uma provação ou expiação para os pais". E completa a ideia, dizendo que o Espírito de uma criança que morre pequenina recomeça outra existência.

Ainda, segundo "O Livro dos Espíritos", "a infância não é um estado normal de inocência, uma vez que há crianças dotadas dos piores instintos em idade em que a educação ainda não pôde exercer a sua influência, e que apesar dos bons exemplos que recebem trazem consigo a falsidade, a astúcia, o instinto de roubo e até de homicídio. Essa perversidade precoce vem da inferioridade do Espírito. As que são dadas aos vícios, é porque seu Espírito progrediu menos e, portanto, sofrem as consequências, não por seus atos de infância, mas por aqueles de suas existências anteriores. E é desse modo que a lei é igual para todos, e a justiça de Deus a todos alcança".

Muitas vezes, a desencarnação na infância ocorre sem que isso seja devido à programação espiritual como, por exemplo, pelo descuido dos pais com a saúde da criança, assistência médica inadequada ou condições socioeconômicas desfavoráveis, dentre outros fatores.

Ocorre, muitas vezes, que o espírito permaneça na forma infantil, pois o mesmo voltará em breve dentro da mesma família, e se possível, tendo mais uma vez os mesmos pais, caso a mãe suporte passar por novo período de gestação. Por esse motivo, não convém modificá-los enquanto estão no plano astral. ("Escola no Além", pelo espírito Cláudia Pinheiro Galasse, psicografado por Chico Xavier e "Cânticos do Coração" de Yvonne Pereira).

Os Espíritos das crianças são acolhidos e, conforme narrado por Roberta, continuam aprendendo, estudando e recebendo os esclarecimentos necessários a fim de compreender e aceitar a desencarnação. São separados por faixa etária, exatamente como acontece nas escolas da Terra, a fim de facilitar o seu progresso.

Nancy e seus medos

Ela era uma menina esperta, de olhos azuis e cabelos claros. Embora fosse tímida ao primeiro contato, logo demonstrava a sua vivacidade e alegria. Aos poucos ela se abria, e quando sentia que não havia por que recear, começava a falar da sua breve experiência quando encarnada.

Ela era a mais nova da família. Tinha um irmão de 10 anos, uma irmã de 9, e estava com 6 quando desencarnou.

Sua vida - apesar de curta - fora marcada por experiências bastante tristes. Embora a mãe tivesse engravidado sem querer e a situação financeira da família não fosse das mais confortáveis, ela esperara por Nancy com muito carinho; logo que soube da gravidez preocupou-se, mas ao mesmo tempo confiou que Deus não lhe daria carga maior do que aquela que os seus ombros pudessem suportar.

Por outro lado, Joe – o pai de Nancy, que na época já apresentava problemas com alcoolismo, e ficava desempregado na maior parte do tempo – revoltou-se e não aceitou a gravidez. Para vingar-se do fato de que a mãe de Nancy se recusava a interromper a gestação, ele começou a maltratar os outros filhos. Por fim, a mãe de Nancy saiu de casa com as crianças, e voltou para a casa da mãe, que era viúva.

No início não ocorreram maiores problemas, mas depois que Nancy nasceu Joe pareceu enlouquecer. Às vezes, no meio da madrugada, ia bater na porta da casa onde vivia a avó de Nancy com a filha e os netos, e ameaçava entrar à força e matar a pequena.

A vida transcorreu dessa forma, havendo alternância de períodos de mais tranquilidade e de mais turbulência. Todos temiam ao ouvir as características batidas à porta, pois já sabiam o que os esperava. Por conta dessa situação que não podiam resolver, a avó de Nancy havia colocado a casa à venda sem anúncios externos que pudessem chamar a atenção para a transação. Por sorte, não demorou muito para que aparecessem pessoas interessadas, e assim que a negociação foi concluída todos mudaram para um lugar bem distante, a fim de que Joe não mais encontrasse a família. Como a casa na qual viviam anteriormente tinha um quintal muito grande - o que acabava deixando-os isolados dos vizinhos e facilitava as investidas de Joe - dessa vez decidiram viver em um apartamento a fim de ficarem menos isolados.

No novo endereço sentiam-se mais tranquilos, e por viverem de maneira discreta achavam que haviam ficado livres da perseguição de Joe. Este, por sua vez, enlouqueceu quando ao "visitar" a casa da sogra no meio da noite por ocasião do Natal, deparou-se com pessoas estranhas vivendo ali. Estava completamente bêbado, e foi trabalhoso para os novos moradores livrarem-se dele, que afinal ficou largado em um canto do quintal onde, por fim, acabou dormindo.

Joe voltou à casa mais duas ou três vezes, mas finalmente ficou convencido de que a família havia realmente mudado.

Algum tempo passou, e ele sentia cada vez mais brotar dentro de si um imenso ódio pela pequena Nancy. Na sua mente havia a ideia fixa de que todo o seu infortúnio era devido àquela criaturinha que havia lhe roubado a família e a alegria. Instigado por companheiros espirituais nada confiáveis, começou a alimentar dentro de si um desejo de vingança.

"Se elas pensam que podem me descartar como se eu não existisse estão muito enganadas! Vou encontrar esses fujões e eles vão levar um susto quando me virem parado bem na porta da sua casa!", pensava ele enquanto ria.... E ria descontroladamente.

A verdade é que nas suas condições - sempre bêbado e desempregado - não possuía qualquer recurso para começar a buscar a família. Mas, desafortunadamente, um dia deu de cara com uma ex-vizinha dos seus pais que dizia haver visto a sua esposa quando estivera no Texas recentemente. De fato, a Sra. Smith fazia compras no pequeno supermercado quando avistou Margareth, que ficou lívida ao ver a mulher. Ainda quis disfarçar e sair dali rapidamente, porém, a Sra. Smith apressou o passo, alcançando-a.

— Margareth! Como vai? Que coincidência encontrar você nesse lugar tão distante da sua casa!

Desconcertada, Margareth deu uma desculpa.

— Vim visitar uma antiga conhecida — disse ela, aflita.

Conversaram mais um pouco, e Margareth tratou logo de se desvencilhar da mulher. Chegou em casa apavorada e contou à mãe o ocorrido. As crianças estavam na escola. Naquele dia era aniversário de Nancy: ela estava fazendo seis anos. Margareth tirara o dia de folga e fora ao supermercado comprar algumas coisas para o bolo que faria para a filha. À tarde, assim que as crianças chegassem da escola, sairiam para um piquenique no parque.

A mãe de Margareth procurou acalmar a filha.

— Está tudo bem, não vamos estragar o aniversário de Nancy. Hoje mesmo vou buscar um novo lugar para podermos morar.

De fato, as providências foram tomadas, e em breve tudo estava resolvido. A data da nova mudança já fora marcada. Porém, foi justamente nesse espaço de tempo que antecedeu a mudança que a Sra. Smith encontrou Joe.

Este, que já perdera as esperanças de descobrir o paradeiro dos "fujões", como os chamava, tratou logo de arrumar o dinheiro para fazer a viagem que o faria encontrar a família. Recorreu aos pais que julgavam que Joe estava sofrendo demais, e que ele piorara muito devido à ausência de Margareth e das crianças. Compadecidos, deram a ele o dinheiro necessário.

Pouco depois, ele estava a caminho da cidade em que deduzia que a família vivia, uma vez que a Sra. Smith encontrara Margareth por lá.

Durante a viagem saboreava intimamente a satisfação da surpresa, do espanto, e do terror que a sua chegada causaria. Dormiu quase o tempo todo, e procurou ficar sóbrio para desfrutar de cada momento da sua aventura.

Depois de muitas horas Joe chegou à cidade. Estava descansado, e começou a investigar onde poderiam estar vivendo "os fujões". Achou que o mais prático seria procurar nas escolas. Informou-se sobre quais escolas existiam na cidade, e não foi difícil localizar aquela em que a pequena Nancy estudava. Alugara um carro e, assim, pôde facilmente, seguir o ônibus escolar. Viu quando este parou e Nancy desceu. Sua avó a esperava.

— Ótimo — pensou ele.

As duas entraram no prédio de dois andares. Havia quatro apartamentos. Observando mais um pouco, deduziu qual era o da família quando a pequena Nancy apareceu à janela. Sorriu de forma indecifrável e voltou para o centro da cidade. Queria fazer algumas compras.

O dia transcorreu normalmente. À hora do jantar a família estava reunida em torno da mesa quando ouviram o som da campainha.

— Quem será? Perguntou uma das crianças.

— Talvez a Sra. Tower. Disse que faria uma torta hoje. Deve ter trazido um pedaço para nós — disse Nancy pulando da cadeira e correndo em direção à porta.

— Não abra — disse Margareth. — Precisamos primeiro ver quem é.

Mas era tarde demais. A menina já abrira a porta, e todos ficaram pasmos ao ver Joe parado, rindo histericamente ao ver a cara de espanto com que o miravam.

— Pensaram que podiam fugir para sempre? — perguntou ele já entrando, e chutando a porta para fechá-la.

Ele falava alto, e em tom ameaçador. As crianças se esconderam atrás das mulheres, que procuravam manter a calma.

— Mamãe, leve as crianças para o quarto — pediu Margareth.

— Ninguém quer cumprimentar o papai?

— Digam olá para o pai de vocês — disse Margareth aos filhos.

— Olá — disseram os três ao mesmo tempo, correndo em seguida para o quarto onde ficaram com a avó.

Era nítido que Joe havia bebido. Estava alterado, mas não estava completamente embriagado.

— O que quer? — Perguntou Margareth rispidamente.

— Como o que quero? Quero que voltem para casa!

— Para quê?

— Como assim para quê? Somos casados. Somos uma família.

— De onde você tirou isso agora? Há tempos não somos uma família. O que quer de nós? Se quiser entrar na justiça posso pagar uma pensão para que você possa continuar passando o dia sem fazer nada. Mas não queira vir aqui atrapalhar a nossa vida!

— Veja lá como fala comigo! Você está errada! Vou à justiça sim, e tirarei as crianças de você — disse rindo como um louco.

Os vizinhos, que já haviam chegado em casa depois de um dia de trabalho, começaram a prestar atenção e logo souberam que algo estava errado. Todos gostavam bastante da família que era muito amável, e no prédio todos conviviam em harmonia. Sabiam que Margareth havia fugido do marido de comportamento abusivo. Logo todos estavam reunidos para ir bater à porta de Margareth a fim de ajudá-la. Nesse meio tempo a conversa continuava na casa de Margareth.

— Nenhum juiz tiraria as crianças de mim. Trabalho, ganho bem, as crianças estão bem tratadas, estudam, são felizes. E mais felizes agora por estarem longe de você! — Gritou Margareth que a esta altura já estava totalmente desesperada. Queria Joe bem longe deles, bem longe dali.

Ao ouvir a mãe falando alto, Nancy saiu do quarto e correu para ela abraçando-a com força.

— Vá embora! Ninguém aqui quer você por perto! Estamos mais felizes sem você! Você é mau, trata a gente como um louco!

— Que atrevida essa pirralha! É isso que ensina para essas pestes, Margareth? Vou te ensinar a respeitar os mais velhos!

— Não tenho medo de você! — Replicou a menina também gritando. — Você me dá nojo!

Ao ouvir isso da boca de uma criança, sua própria filha, Joe não mais se conteve. Empurrou Margareth para longe com tanta força que ela desmaiou.

Agarrou Nancy e deu-lhe um bofetão tão forte que a menina bateu a cabeça em um dos móveis, caindo no chão desacordada. No mesmo instante, abriram-se a porta do quarto e a porta da sala por onde entraram os vizinhos. O Senhor Green, que era um homem bastante forte, deu um murro em Joe, que ficou estatelado no chão.

— Seu covarde miserável! Vem aqui para aterrorizar mulheres e crianças? Vai passar a noite na cadeia. A polícia já está chegando para levá-lo!

Joe, atordoado, — pois não esperava que tivesse que enfrentar tanta gente, — fitou o homem, sem reação, permanecendo sentado.

Uma das vizinhas socorreu Margareth que aos poucos voltava a si.

— Nancy! - Disse ela aflita.

A mãe de Margareth estava ao lado da neta e tentava em vão reanimá-la. Uma das vizinhas se aproximou e constatou chocada.

— Não adianta Emily. Ela está morta!

A sala ficou em silêncio, como se o mundo tivesse sido congelado por alguns instantes. Todos rodeavam o pequeno corpo que jazia inerte.

Instintivamente, Joe correu para fora. Assim que o Sr. Green percebeu, correu atrás dele, que já se encontrava imobilizado pelos policiais que haviam acabado de chegar.

Joe foi julgado e condenado à prisão. A família seguiu vivendo com a sua dor, sem mais ouvir o riso da pequena Nancy, que acolhemos com carinho aqui do outro lado da vida.

Nosso trabalho principal foi o de ensinar a ela o perdão e de cuidar do seu restabelecimento. O trauma causado pelas últimas cenas presenciadas na Terra, e pela morte brutal do corpo físico foi superado depois de algum tempo.

Equipes foram também enviadas ao cenário terreno para assistir os familiares de Nancy, naturalmente incluindo o pai, que era o mais necessitado. Joe ficou completamente desequilibrado devido ao remorso pela morte da filha, causada pela atitude impensada.

Com a ajuda dos desencarnados e dos encarnados, Margareth e os outros foram aos poucos entendendo que Joe era um doente em vários sentidos. Isso ajudou a aplacar a revolta e o ódio que, se fossem alimentados, iriam naturalmente desequilibrar a estrutura familiar.

Nunca estamos sós. Nas horas de mais dificuldade, se abrirmos espaço em nossa mente, sempre receberemos toda a ajuda da qual necessitamos.

Will, o presente de Melinda

Will era o apelido carinhoso de William. O menino fora esperado pela mãe com muita alegria. O pai, ao saber que Melinda estava grávida afastou-se, vindo depois até a mudar da cidade onde viviam, para não mais ter que encontrar Melinda ou os seus familiares.

Richard, - assim se chamava o pai de Will - e Melinda, haviam estudado juntos na faculdade, e mantinham um relacionamento sério - ao menos era o que Melinda pensava - desde os tempos do início do curso. Faltando pouco para a formatura, Melinda descobriu a gravidez, mas isso não foi motivo de qualquer preocupação para ela. Filha de pais bem-sucedidos que logo a apoiaram, Melinda imaginou que ela e Richard se casariam e constituiriam a família sobre a qual tantas vezes haviam falado.

Porém, o que ela nem imaginava, era que Richard já estava em outro relacionamento, e que não tinha mais o menor interesse em formar uma família com ela. Apesar da decepção que enfrentou, Melinda dedicou-se carinhosamente a esperar a criança, e aproveitou cada momento daquela espera para cuidar do futuro dos dois da melhor forma possível.

Havia se formado em psicologia. Seu horário flexível permitiria cuidar do filho e estar bem perto dele. Os pais haviam dado a ela um apartamento, portanto, essa já era uma preocupação a menos.

Os meses passaram rapidamente, e, em uma manhã ensolarada, Will veio ao mundo para a alegria de todos que já o amavam muito. O menino era forte e saudável.

O tempo passou depressa, e logo Will completava seu terceiro ano de vida. Foi nessa ocasião que Melinda notou que o filho já não queria se alimentar como antes; recusava os pratos favoritos, e estava sempre quieto, parecendo cansado. Levado ao médico, este pediu diversos exames e constatou que o menino estava bastante doente.

Um longo ano se arrastou, no qual idas e vindas do hospital tornaram-se rotina. Apesar de todos os esforços Will não apresentava qualquer melhora.

Em uma manhã tão ensolarada como aquela em que ele viera ao mundo - ele voltou para o outro lado da vida. Cumprira, assim, os anos que haviam faltado em outra existência, quando em momento de total desespero tirara a própria vida.

Observe caro leitor, que não há regras. A criança que desencarna em tenra idade, ou aquele que desencarna jovem, não é necessariamente um suicida de outros tempos. Cada caso é individual, e desencarnar jovem não está sempre ligado ao suicídio pretérito.

O pequeno Will foi acolhido com amor no plano espiritual, mas, naturalmente, sentia muita falta dos seus familiares e amigos, principalmente de Melinda, com quem já havia convivido em outras ocasiões.

Não é preciso falar que Melinda e todos aqueles que amavam o pequeno Will sofreram demasiadamente quando ele veio para o outro lado da vida. Com o tempo, a dor se acalmou e ela prosseguiu na sua estrada. Constituiu a família que tanto desejava. Teve duas meninas, mas o retrato do filho querido jamais saiu da lareira.

De tempos em tempos trazíamos Melinda em sonho para ver Will, e ambos passavam momentos preciosos juntos. Isso ajudou muito na recuperação dos dois.

Hoje Will se prepara para reencarnar como neto de Melinda no futuro, e certamente a roda da vida – que gira sem parar – fará com que ambos aproveitem para matar as saudades que nunca deixaram de sentir.

O destino de Nina

Nina era uma criança nascida de um pai que tivera uma infância muito pobre. Bem antes do nascimento dela, ele praticava pequenos furtos, e vivia de expedientes pouco convencionais.

Porém, apesar de estar sob influência de pessoas desfavoráveis e frequentar ambientes nada saudáveis, não se deixava corromper a ponto de estar comprometido com o crime, que era praticado por outras pessoas com as quais convivia. Na verdade, tudo começara porque Taylor, pai de Nina, havia nascido de uma mãe que frequentava aquele mesmo ambiente no bairro pobre onde ela nascera e criara Taylor. O lugar era reduto de gangues e acabava sendo natural conhecer, e até ter amizade, com os membros desta ou daquela gangue.

Bem, voltando a Taylor, ele havia abandonado a escola ainda jovem. A mãe morrera quando ele estava com cerca de onze anos. Foi, então, adotado por um irmão mais velho que fazia parte de uma das gangues. Em troca de casa e comida, Taylor fazia pequenos serviços para os membros da gangue. Essa foi a época em que começou a tirar moedas e pequenos objetos dos lugares por onde passava. Isso tornou-se um hábito que ele somente deixaria de lado muito tempo depois.

Um dia, Taylor - agora com 23 anos - foi a uma loja de penhores que ficava do lado oposto do lugar onde ele vivia, pois, o irmão havia furtado um relógio e queria fazer dinheiro com ele. Nesse dia, Mitzi, a filha do proprietário da loja estava por lá. Assim que a viu, Taylor se enamorou pela jovem. Ambos começaram a conversar e combinaram um encontro. Pouco tempos depois estavam namorando com o consentimento do pai de Mitzi, um honesto e bondoso viúvo que fazia de tudo pela filha amada.

Taylor havia contado a eles uma história que em nada correspondia à realidade. Dissera que os pais viviam em outro estado, e que ele estava temporariamente na casa de uns amigos dos pais. Dissera, ainda, que o pai trabalhava em uma grande empresa, e que por isso os pais viviam no tal estado. Ele não fora com eles, mas iria no futuro.

Mitzi, a essa altura completamente apaixonada, não podia pensar que Taylor pudesse ir embora. Apressou-se, então em pedir ao pai que deixasse Taylor morar com eles. Relutantemente ele cedeu, pois jamais negava à filha qualquer coisa que ela pedisse.

Aqui quero interromper brevemente a nossa narrativa para falar sobre esse tema tão comum nos dias de hoje. Muitos pais, ou temendo desagradar aos filhos, ou para sua própria comodidade, têm criado em seus lares pequenos ditadores. A ideia de que não se deve negar nada a um filho, ou ainda que a negação pode traumatizá-los, leva quase sempre ao exagero, fazendo com que os filhos não entendam limites e formando para o futuro pessoas totalmente egoístas que só se preocupam com o próprio bem estar, sem considerar ou perceber os que estão à sua volta.

Mais do que nunca, é importante repensar tal atitude para que as futuras gerações não continuem vivendo como se o mundo tivesse sempre que corresponder às suas expectativas. Frustrações fazem parte da realidade e é necessário saber encará-las com naturalidade e delas tirarmos proveito para o próprio crescimento como ser humano.

Voltando à nossa história, não demorou para que Taylor estivesse confortavelmente instalado na casa do Sr. Johnson e de Mitzi.

Ele nada sabia de bons modos dentro de um ambiente daqueles, pois havia muito tempo que vivia com a gangue. Porém, com paciência Mitzi foi ensinando a Taylor como se comportar, a fim de que todos vivessem em harmonia. Ingênua e inexperiente, pois Taylor era o primeiro homem com quem ela se relacionava, Mitzi não percebia a incoerência entre as atitudes de Taylor e as histórias contadas por ele. O Sr. Johnson, por sua vez, desculpava tudo dizendo que eram atitudes de jovens.

Dizendo trabalhar do outro lado da cidade, Taylor continuava frequentando o ambiente da gangue, pois era de lá e dos pequenos furtos que vinha o seu dinheiro.

Apesar da maneira irresponsável de agir, Taylor se afeiçoara sinceramente à Mitzi e ao seu pai. Ao mesmo tempo, o relacionamento entre os dois começou a ficar mais sério. Logo começaram a ter mais intimidade, e não tardou para que Mitzi descobrisse que estava grávida. Os jovens, e também o Sr. Johnson, se entusiasmaram coma ideia.

Foi então que o jovem decidiu que não era mais adequado que ele vivesse daquela maneira. Ele já havia se transformado bastante, pois os Johnson eram gente muito boa e ele assimilara muitos dos seus hábitos.

Aos domingos, iam todos à igreja. Aos poucos, os conceitos de Taylor foram se modificando, pois, o pastor falava coisas que deixavam bem claro que roubar era errado. Como se lhe tirassem uma venda dos olhos, Taylor se deu conta de que a forma como ele sempre vivera não era correta. Tomou uma decisão: iria até a gangue e diria a eles que a partir daquele momento não era mais parte daquele ambiente. Porém, as coisas não eram bem assim. "Não se deixava os "irmãos" impunemente", disseram a ele.

Amedrontado, Taylor voltou para casa temendo pela família. Família: que linda palavra. Ele e Mitzi haviam se casado logo que ela descobrira a gravidez. E ele, nunca havia vivido dias tão felizes. E agora, o que seria de sua família? Melhor seria se ele sumisse, pensou.

Mas, os dias foram passando e tudo parecia tranquilo. Então, ele já nem se lembrava mais do que acontecera lá com a gangue. Naquele dia a conversa foi bem tensa: "Não vamos deixar que você espalhe nossos segredos por aí", disseram eles. "Quem entra não sai". E ele respondeu: "Eu nunca entrei. Não escolhi". "Mas está dentro", foi a resposta.

Faltava pouco para o bebê chegar. Taylor ajudava o Sr. Johnson na loja e nem de longe lembrava o rapaz de outros tempos. Era querido e respeitado. Estava feliz.

Nina nasceu em um dia bonito. Estava frio, mas o sol viera anunciar a sua chegada.

Um ano transcorrera desde o nascimento de Nina. Ela era uma criança amável e muito esperta. Alegrava os dias de todos que estivessem por perto.

Durante esse tempo, os membros da gangue pareciam haver sossegado, e Taylor raramente se lembrava de que algum dia estivera envolvido com eles. Porém, certo dia, Taylor chegara cedo à loja e o Sr. Smith estava ainda em casa. Estava, portanto, sozinho na loja, quando ouviu tocar a sineta que anunciava a entrada de alguém. "O primeiro cliente do dia", pensou.

Mas, em lugar do primeiro cliente entrou Bob, um dos membros da gangue, e braço direito do chefe. Taylor, surpreso, ficou com ar apatetado, como se de repente o chão lhe faltasse e todo o ambiente começasse a girar. Ficou em silêncio. O outro começou a gargalhar.

— Que cara de idiota! Mas está com aparência melhor. Belas roupas! Ficou rico?

— O que quer? — Perguntou Taylor quando finalmente conseguiu se recompor da desagradável surpresa.

— Dinheiro — respondeu o outro com ironia.

Taylor fez cara de espanto outra vez.

— Não me olhe com essa cara. Durante muitos anos viveu à custa da organização. Os negócios não vão muito bem e lembramos que você está bem de vida agora. Chegou a sua vez. Vai retribuir o que fizemos por você. - E, atirando um papel sobre o balcão, completou - Aqui estão as contas que fizemos, são as refeições, roupas e hospedagem durante o tempo em que ficou por lá. Claro que colocamos um pouco de juros.

Taylor leu o papel.

— Um pouco de juros? Vocês dobraram o valor!

— É justo! Foram anos aturando você.

— Mas eu sempre trabalhei para vocês. Paguei o que me deram. E, o mais importante ninguém nunca deu: um lar.

O outro chegou a dobrar-se de tanto rir. Até que disse:

— Seu insano! O que está dizendo? Lar? O que é isso?

Taylor lembrou-se de que não estava lidando com o mesmo tipo de gente com a qual convivia agora, e mordeu o lábio arrependido por tentar fazer com que o outro entendesse o que ele queria dizer.

— Bem, vou pagar o que vocês acham que eu devo. Mas, por favor, fiquem longe de mim e da minha família. Vamos resolver tudo como vocês querem. Venha toda primeira terça feira de cada mês para receber.

O outro deu as costas e saiu sem dizer nada. Novamente o ruído da porta se fez ouvir, e Taylor ficou pensando no que poderia fazer para aumentar os seus ganhos sem prejudicar a família. Até então ele conseguira inventar histórias para ocultar de onde viera e quais eram as suas verdadeiras origens.

À noite era dia de culto na Igreja. Ele iria pedir a Deus que iluminasse a sua mente para que ele agisse da forma mais acertada. Aquele dia custou a passar, pois Taylor não via a hora de ir para a Igreja. Queria muito receber a inspiração do que fazer.

Finalmente chegara a noite e ele ali estava. Pediu com fervor para que fizesse a coisa certa. Saiu da igreja rumo à sua casa, e já tomara a decisão importante que havia postergado durante tanto tempo.

Mitzi acomodava a pequena Nina em seu berço. Taylor olhou com carinho para a menina e pensou: "Filha, vou fazer o que é certo. Por você!".

O Sr. Smith e Taylor conversavam quando Mitzi chegou à sala trazendo o chá que costumavam tomar todas as noites. Sem rodeios, Taylor começou a falar.

— Mitzi, você sabe o quanto a amo. E o senhor, tem sido um pai para mim. Vocês são a família que amo e que sempre quis ter.

Mitzi e o pai olharam-se sem entender aquela súbita demonstração de carinho. Sorriram contentes.

— Também amamos muito você, Taylor, disse o Sr. Smith.

— Bem, continuou o rapaz, eu preciso contar algo muito sério.

E começou a narrar os fatos da sua vida sem omitir qualquer detalhe.

Mitzi deixou correr algumas lágrimas. O pai, sentado ao seu lado, olhava impassível, às vezes sorria, demonstrando certa satisfação que Taylor não conseguia decifrar. Ao final da narrativa, o homem levantou-se da cadeira, colocou-se em frente a Taylor e ordenou:

— Levante-se.

Taylor o fez automaticamente. O Sr. Smith abraçou-o. O jovem não entendeu, mas o homem explicou imediatamente.

— Eu sempre soube. Há tempos espero que venha nos contar, abrir seu coração como fez agora.

— Mas, papai, ele mentiu! — disse Mitzi agora aos prantos.

O pai abraçou-a e respondeu:

— Ele não mentiu, ele não teve a coragem de contar a verdade. É diferente. Bem, de fato mentiu logo no início ao falar dos pais. Mas, pouco tempo depois deu um jeito de eliminar os pais e parou de mentir sobre isso quando nos disse que ambos haviam morrido em um acidente na África, onde estavam visitando amigos. Nessa época eu já havia contratado alguém para investigar Taylor. Nunca acreditei que a família possuía bens, ou que na verdade ele tivesse uma família.

Taylor olhou para ele de maneira interrogativa. O Sr. Smith fez sinal para que ele se sentasse.

— Filho, esclareceu ele. Seus modos não condiziam com as histórias que você contava muito menos as suas poucas roupas. Se fosse realmente rico como dizia, e se tivesse sido criado por uma mãe amorosa, dificilmente seria tão "largado" tanto na aparência como nos modos. Além disso, eu não deixaria a minha Mitzi se envolver com um sujeito qualquer. Ainda por cima, ela é ingênua e estava apaixonada! Você aprendeu rapidamente como se portar, melhorou, quis ir à igreja conosco, aprendeu depressa a trabalhar na loja. Aliás, ninguém que esteja bem de vida viria penhorar uma joia de tão pouco valor como aquela que você trouxesse naquele dia. Por algum motivo, naquele momento senti que deveria ajudá-lo.

Taylor nunca se sentira tão envergonhado, não sabia o que falar. Pensava estar enganando o sogro, mas ele sempre soubera da sua história.

— Vamos nos acalmar. Está tudo bem. — Disse o Sr. Smith - Vou deitar. Imagino que queiram conversar a sós. Mitzi, ele é um bom homem, sua essência estava escondida. Mas, tão logo teve a oportunidade necessária, ele demonstrou ser merecedor da nossa confiança e do nosso amor.

O homem beijou carinhosamente a filha e o genro, e foi para o seu quarto.

Mitzi e Taylor conversaram durante algum tempo, e acabaram por se entender.

A vida transcorreu normalmente, e no dia combinado o sujeito da gangue veio buscar o dinheiro. Ficou surpreso ao ver que Taylor lhe dera o valor total, e não a pequena parcela que havia combinado.

— Você roubou o velhote? Onde conseguiu tanto dinheiro?

— Isso não interessa, disse Taylor. Agora não devo mais nada. Estou quite com vocês. Só quero seguir em paz com a minha vida.

O homem deu de ombros e foi embora levando o dinheiro.

Quando chegou ao lugar onde a gangue costumava se encontrar, deu o saco de dinheiro ao chefe. Este riu, gargalhou como um louco.

— Ele roubou esse dinheiro! Acho que aprendeu muito bem o que ensinamos para ele. Vamos fazer com que nos dê mais.

— Mas ele já pagou o que você disse que ele devia!

— Cale-se! Estamos precisando de dinheiro e Taylor vai conseguir para nós.

O Sr. Smith, naturalmente, dera a Taylor o dinheiro do qual necessitava, para que ficassem livres da gangue.

Ao mesmo tempo, a família combinara que se mudaria para outro estado a fim de que o passado de Taylor ficasse para trás. Iriam para outro canto do país e abririam um novo comércio. Estavam todos animados.

A casa e a loja foram vendidas em pouco tempo, e faltavam poucos dias para que eles se fossem dali para sempre. Mas, numa manhã em que Taylor abria a loja, foi abordado pelo tal sujeito da gangue que trazia um recado:

— O chefe quer mais dinheiro.

— Isso é absurdo! — Exclamou Taylor indignado. — Já paguei o que ele disse que eu devia.

— Olhe, eu até falei isso pra ele, mas você sabe como ele é. Quando cisma, não tem jeito.

— Não vou dar mais nada. Você sabe que se eu ceder isso não terá fim.

O outro deu de ombros e se foi.

Quando chegou e disse ao chefão o que havia acontecido, este esbravejou e dando murros sobre a mesa à sua frente buscou uma arma que estava na gaveta. Em seguida saiu alucinado.

Dirigiu-se à loja de penhores e esperou um pouco. Não queria ser anunciado pelo sino que havia na porta. Quando um homem entrou na loja, ele se pôs atrás dele e se escondeu atrás de uma parede.

O Senhor Smith, que estava no balcão, atendeu o homem que saiu em poucos minutos depois de resgatar um instrumento musical que havia penhorado havia alguns dias.

O chefão não acreditou quando viu que à sua frente, do outro lado da loja, Taylor estava de costas para ele, olhando pela janela. Sem raciocinar descarregou o revólver no rapaz que caiu no chão no mesmo instante.

O atirador saiu correndo. O covarde atirara em Taylor pelas costas, sem dar a ele a chance de dizer qualquer coisa.

O corpo de Taylor jazia inerte em uma poça de sangue, e sob ele um corpo pequeno também inerte. O atirador não vira que Taylor carregava a filha no colo, e, ao atirar, atingiu também a menina.

O dia do enterro foi muito triste, inclusive para toda a comunidade que conhecia a família. As informações dadas pelo Sr. Smith logo ajudaram a polícia a encontrar o criminoso que foi entregue à Justiça.

Conforme os planos traçados anteriormente, Mitzi e o pai partiram para a Califórnia onde recomeçariam uma nova vida, deixando para trás a triste história recente que haviam vivido.

Naturalmente, Mitzi ficou inconsolável. Porém, havia sido abençoada com uma nova gestação que só descobriu quando já estavam vivendo na nova terra.

Embora não houvesse uma substituição para Nina ou Taylor, ela e o pai entenderam que em meio à grande tragédia que haviam vivido foram abençoados com a vinda de um novo ser que certamente viria para trazer alegria e esperança às suas vidas.

Nina era pouco mais que um bebê e foi acolhida por nós que lhe oferecíamos os cuidados necessários. Recuperada da morte brutal ela pôde depois de algum tempo - quando sua maturidade permitiu, conhecer a própria história.

Taylor, por sua vez, foi levado a uma colônia onde receberia também o tratamento necessário. Ao ser desligado, ele adormeceu profundamente, e demorou algum tempo para que ele acordasse.

No início não entendera que havia deixado o corpo carnal e passado para o plano espiritual, pois ele não acreditava na continuidade da vida. Assim, demorou um pouco para que pudesse entender o que se passara com ele. Porém, orientado pacientemente e com amor, ele ficou bem.

No plano espiritual ele reencontrou Nina, e ambos voltaram à Terra diversas vezes para visitar Mitzi, o Sr. Smith e a pequena Audrey, que hoje já é uma jovem.

Nina já se prepara para em breve retornar à Terra, onde será acolhida por Audrey, como sua filha. Isso ocorrerá também com Taylor, que dessa vez nascerá em um lar repleto de amor. Lá dará continuidade à aprendizagem dos princípios já adquiridos na vida que narramos. Ele terá a oportunidade terrena de sedimentar e de adquirir conhecimentos que se encontram latentes. Por serem uma família que muito se ama, terão a oportunidade de permanecerem juntos, e juntos poderão aprender e progredir.

Gostaríamos de lembrar ao leitor que os laços do amor são indestrutíveis. Para aqueles que se desesperam ao pensar em se separar daqueles que amam, lembramos que tais separações são momentâneas. Não podemos precisar de quanto tempo será tal afastamento, pois, por vezes, quando um encarna novamente o outro já desencarnou. Porém, ocorrem as visitações, os encontros que se dão enquanto dormimos.

É necessário lembrar ainda, que deixamos também do outro lado grandes afetos. Isso significa que de qualquer um dos lados em que nos encontremos, estaremos deixando para trás seres que nos são caros. Portanto, é necessário que treinemos o desapego. Parece difícil, mas se pensarmos na vida – e aqui me refiro à vida em qualquer plano – como uma viagem, entenderemos que não podemos estar em vários lugares ao mesmo tempo; vamos de um lugar para o outro e deixamos amigos e afetos que visitamos e com os quais nos comunicamos sempre que possível.

Quando entendermos essa "magia" promovida pelo afeto sincero, seremos capazes de viver com mais plenitude, e sem tanto sofrimento na hora da despedida. Quanto mais estivermos equilibrados – seja lá de que lado nos encontremos – tornaremos esse intercâmbio entre os dois mundos mais fácil e poderemos nos encontrar com mais facilidade e frequência.

Quando crianças em tenra idade e jovens partem para viver do outro lado da vida, costuma haver muita comoção – e às vezes até revolta, inconformismo. Geralmente, não é muito fácil aceitarmos tais acontecimentos. Porém, se tivéssemos conhecimento das histórias que envolvem cada um desses fatos, entenderíamos que tudo está perfeito da maneira como ocorreu. E, quando aprendermos a confiar no Ser Supremo que nos criou, seremos gratos por tudo o que nos acontece e pela forma como acontece.

Ainda nos falta essa confiança de que tudo contribui para o nosso crescimento. Naturalmente, não nos referimos aqui às nossas escolhas impulsivas e sem critério. Vamos entender melhor: muitos acham que se Deus de fato existisse, Ele não permitiria que houvesse tanto mal no mundo. No entanto, se fossemos guiados como autômatos não passaríamos de fantoches. Seríamos um bando teleguiado, e nenhum mérito nos caberia, nada haveria para conquistar.

O livre arbítrio que temos, possibilita escolher, e crescer conforme as nossas opções. Assim, vamos passando de pedra bruta a diamante, sendo lapidados o tempo todo. O fato de fazermos escolhas equivocadas, ou inadequadas, pode retardar um pouco o nosso passo rumo ao próprio desenvolvimento, mas de qualquer forma estamos sempre em marcha. E, em meio a tantos acontecimentos que nos rodeiam, vamos aprendendo a tomar as decisões mais acertadas, vamos modificando as nossas crenças e nossos padrões de pensamento.

Precisamos lembrar que somos seres milenares, e que, portanto, muitas ideias estão profundamente enraizadas em nós. Somente a nossa própria vontade e o esforço individual podem – com persistência – modificar o nosso estado atual. Porém, a vida é paciente, e sem pressa, aguarda que aprendamos a nos burilar para sermos cada vez mais felizes.

Capítulo 4

Os idosos são mais do que "pessoas que voltam à infância" como muitos apregoam. A idade mais avançada – eu diria, pela minha observação que, naturalmente, não é uma verdade absoluta – traz reflexões até então deixadas de lado. Explico melhor: antes, quando a expectativa de vida do encarnado era menor, as pessoas já se sentiam muito velhas tão logo chegassem perto dos 50 anos.

À medida que a expectativa de vida aumentou, esse sentimento foi dando lugar a novos comportamentos, e hoje é possível ver pessoas que recomeçam a vida a qualquer momento, sem se importar muito com a sua idade cronológica. Hoje, pessoas de 70 anos ou mais podem estar em plena atividade, ter boa saúde, e buscar a realização de sonhos que ficaram adormecidos por longos períodos. No entanto, muitos ainda sentem que, após um determinado número de anos, só lhes resta esperar pela morte, que é "a única certeza da vida". Bem, vamos ser realistas: esta é, de fato, uma certeza. Um dia seremos convidados a deixar para trás o que temos aqui. No entanto, é triste demais viver pensando que se está mais perto da morte a cada novo dia.

Talvez o leitor esteja pensando: "Mas é assim mesmo!", e eu seria tola em não concordar com você. De fato, tudo é uma questão de ponto de vista: posso pensar que a cada dia morro um pouco ou que cada novo dia traz novas oportunidades. Qual é a sua abordagem preferida? Quando nós pensamos em novos dias e novas oportunidades, abrimos para nós mesmos um leque de novas possibilidades. Então, essa é uma visão que favorece a nossa jornada, possibilitando novas conquistas.

Ser idoso não significa ser doente e ficar ranzinza, amargo, excessivamente crítico, pessimista e desagradável. Naturalmente, quanto mais velhos ficamos, mais perto de voltarmos ao plano espiritual estamos. Mas, tudo não é assim na vida? As estações mudam o tempo todo, as flores nos oferecem as suas cores e o seu perfume, e depois desaparecem, voltando então a florescer.

O ciclo da vida é constante e a cada novo ciclo chegam novas oportunidades e novos desafios. Então, viver pensando que cada novo dia é um dia a menos, é uma visão muito pessimista do presente tão lindo que é a vida em si. Seja lá em qual plano estejamos, seja lá qual for a nossa idade quando encarnados, desfrutemos de cada novo dia como uma dádiva de infinitas possibilidades que nos são apresentadas o tempo todo, mas que requerem olhos atentos a fim de serem reconhecidas.

Que viver a fase da velhice do corpo físico seja uma alegria e o reconhecimento de que a vida pulsa em cada célula! Que todos aprendam a ter contentamento por tudo o que já viveram e por tudo que ainda têm pela frente! Essa fase – que muitos chamam de outono da vida – é sim a preparação para mais coisas boas que estão por vir. E, quando finalmente, chegar a hora de mudar de endereço, que isso seja feito com alegria e gratidão por tudo o que foi e por tudo o que será.

A mensagem que desejo deixar bem clara para todos é que cada fase da vida traz tudo aquilo que nós permitirmos que chegue até nós. Sejamos sempre alegres e mantenhamos essa alegria pela vida afora, agradecendo sempre por tudo o que recebemos. Vamos tirar o melhor proveito de cada novo dia, pois ele é único e especial - se nós assim o desejarmos.

A vida simples de João

Ele fora um lavrador que morara no campo durante toda a sua vida. Era gentil, tinha uma prosa agradável e gostava muito de "estar vivo ainda", como dizia. Eu sorria diante do contentamento dele.

A vida, entretanto, não lhe havia sorrido muitas vezes. Nascera de pais paupérrimos, e desde muito cedo começara a acompanhá-los para trabalhar no campo, colhendo café. Dali em diante a vida que conheceu foi aquela: trabalhar com a terra.

Aos domingos, depois do almoço ia para a cidade. Assistia à missa das 3 horas, e foi lá que conheceu aquela que viria a ser a sua companheira de vida: Mariazinha. Com ela teve três filhos - fora os quatro que morreram ao nascer - Ernesto, Pedro e Sérgio. Estes foram viver na cidade e jamais voltaram para uma visita sequer.

A vida foi seguindo em frente até que, um dia, quando João estava no trabalho, sentiu-se mal e desencarnou. Dona Mariazinha não tardou a acompanhá-lo. Eram muito unidos e muito sós ao mesmo tempo, pois a vida apenas permitia trabalho de sol a sol e as horas de sono. Tinham alguns conhecidos dos domingos de missa e das quermesses. Mas, era só isso. Não havia tempo para estreitar laços - ou talvez não houvesse ninguém com quem eles desejassem fazê-lo. A verdade é que eram muito felizes dentro do seu pequeno mundo. E, ao desencarnar, sentiram-se ambos muito felizes por se reencontrarem em outra vida. Em outras encarnações ambos já haviam estado juntos e tinham uma relação de profundo amor.

Quanto aos filhos, a única tarefa de João e Mariazinha era permitir que nascessem, pois não havia laços de afeto entre eles. Assim, os três seguiram o seu destino sem ao menos olhar para trás. Não haviam sequer mandado um endereço para que pudessem ser localizados e nunca se importaram em saber o que acontecera aos pais. Em "O Evangelho segundo o Espiritismo", capítulo 14, "Honrai a vosso pai e a vossa mãe", encontramos um item esclarecedor sobre o assunto: "A ingratidão dos filhos e os laços de família". Transcrevemos a seguir alguns trechos do mesmo.

SANTO AGOSTINHO

Paris, 1862

9 – (...) Quando o Espírito deixa a Terra, leva consigo as paixões ou as virtudes inerentes à sua natureza, e vai no espaço aperfeiçoar-se ou estacionar, até que deseje esclarecer-se. Alguns, portanto, levam consigo ódios violentos e desejos de vingança. (...)

Depois de alguns anos de meditação e de preces, o Espírito se aproveita de um corpo que se prepara, na família daquele que ele detestou, e pede, aos Espíritos encarregados de transmitir as ordens supremas, permissão para ir cumprir sobre a Terra os destinos desse corpo que vem de se formar. (...) É assim que se explicam esses ódios, essas repulsas instintivas, que se notam em certas crianças, e que nenhum fato exterior parece justificar. Nada, com efeito, nessa existência, poderia provocar essa antipatia. Para encontrar-lhe a causa, é necessário voltar os olhos ao passado. (...) Compreendei que, quando gerais um corpo, a alma que se encarna vem do espaço para progredir.

(...) Desde o berço, a criança manifesta os instintos bons ou maus que traz de sua existência anterior. É necessário aplicar-se em estudá-los. (...) Quando os pais tudo fizeram para o adiantamento moral dos filhos, se não conseguem êxito, não têm do que lamentar e sua consciência pode estar tranquila. Quanto à amargura muito natural que experimentam, pelo insucesso de seus esforços, Deus reserva-lhes uma grande, imensa consolação, pela certeza de que é apenas um atraso momentâneo, e que lhe será dado acabar em outra existência a obra então começada, e que um dia o filho ingrato os recompensará com o seu amor. *(Ver cap. XIII, nº 19)*

(...) Os Espíritos cuja similitude de gostos, identidade do progresso moral e a afeição, levam a reunir-se, formam famílias. Esses mesmos Espíritos, nas suas migrações terrenas, buscam-se para agrupar-se, como faziam no espaço, dando origem às famílias unidas e homogêneas. E se, nas suas peregrinações, ficam momentaneamente separados, mais tarde se reencontram, felizes por seus novos progressos. Mas como não devem trabalhar somente para si mesmos, Deus permite que Espíritos menos adiantados venham encarnar-se entre eles, a fim de haurirem conselhos e bons exemplos, no interesse do seu próprio progresso. (...)

É dever dos filhos amparar os pais. No caso de João e Mariazinha, ambos foram pais carinhosos e fizeram para os filhos tudo o que estivera ao seu alcance, inclusive no que se refere aos estudos. Porém, os filhos se envergonhavam da própria origem e pensavam que, ignorando os pais, apagariam das suas vidas o seu passado.

Se todos pudessem entender que nós não somos, mas sim que estamos momentaneamente nesta ou naquela posição, a vida poderia ser bem melhor. Sabemos, por exemplo, que muitas vezes as pessoas aparentemente mais ignorantes são as mais sábias, e que nesta encarnação, por algum motivo que desconhecemos, elas ocupam um lugar de pouco ou nenhum destaque dentro do contexto no qual estão inseridas. Se entendêssemos tal verdade, teríamos a certeza de que é necessário melhorar a cada dia no que se refere à nossa evolução como seres humanos, e entenderíamos melhor as nossas próprias dificuldades e as dos outros, pois teríamos consciência plena dos diversos níveis de aprendizado que já tivemos e de tudo o que ainda nos falta conquistar.

Seríamos menos vaidosos e arrogantes se compreendêssemos que o presente é uma dádiva – como o próprio nome já diz – e que deve ser usufruído com responsabilidade, pois as consequências de qualquer um dos nossos atos são da nossa única responsabilidade.

Sempre é tempo de nos transformarmos, de mudarmos para melhor. E devemos nos aplaudir e nos alegrar com as nossas conquistas, exatamente como um aluno que vibra ao ir bem em uma prova para a qual estudou.

Estamos muito viciados em nos menosprezar, em achar que não servimos para isso ou para aquilo, ou ainda, que não temos capacidade para realizar os nossos sonhos. O pior, é que, na maioria das vezes, nem ao menos tentamos: assumimos o fracasso antes mesmo de nos colocarmos em ação. E, assim, nascem as frustrações e o desânimo. Naturalmente, se sonharmos em passar um fim de semana na lua, temos que aceitar que não é possível arrumar as malas e ir para lá com familiares ou amigos. Mas, brincadeiras à parte, somos todos dotados de grande capacidade para realizarmos coisas incríveis. Porém, inúmeras vezes, aceitamos a derrota antes de enfrentar a batalha. Pense nisso, caro leitor!

O pequeno mundo de Hermínia

Ela fora de família rica e tradicional, muito apegada aos bens que possuíra, e não aceitava de forma alguma ter que se desfazer de tudo o que havia deixado para trás. No início não admitia não ter empregados para servi-la o tempo todo, e, ao mesmo tempo, achava que éramos os seus criados. Esbravejava por querer que usássemos "os uniformes que comprara para nós na semana anterior".

Hermínia não era má. Apenas mimada e arrogante ao extremo. Acreditava-se o centro das atenções, e o tempo todo gritava conosco, dando ordens e exigindo coisas, dizendo que éramos pagos para atender aos seus mínimos caprichos.

Quando, por fim, se deu conta de que já não estava encarnada, desequilibrou-se. Poderíamos dizer que "enlouqueceu", pois ao ver-se privada do luxo e da vida tranquila da qual usufruíra, ficou fora de si. Não entendia a razão de continuar viva se fora obrigada a deixar para trás tudo o que amava.

Esta é uma situação bastante comum. A pessoa só entende o sentido da vida se tudo permanecer de modo que ela fique na própria zona de conforto. Porém, se assim fosse, não conseguiríamos evoluir. Novos desafios representam oportunidades de crescimento, um novo olhar para que aprendamos a ver o que está além do alcance da visão em um primeiro momento.

Voltando à história de Hermínia, aos poucos ela se adaptava à sua nova condição, e depois de algum tempo já conseguia entender que a cada nova existência estamos em uma condição, o que não necessariamente significa que haja revezamento naquilo que vivemos, ou seja, ora rico, ora pobre, ora são, ora enfermo, e assim por diante. Recebemos o que necessitamos para evoluir e muitas vezes para expiar acontecimentos do passado. É importante lembrar que não há regras rígidas no que se refere às nossas oportunidades de reencarnação.

Hermínia foi entendendo tudo isso, e a partir de então tornou-se uma valiosa colaboradora. Despida de conceitos, julgamentos e preconceitos, libertou-se de todo tipo de atitude mesquinha e a sua arrogância caiu por terra.

A vida sempre lhe havia sorrido nos dias de infância e juventude. Na época em que era normalista (O Normal era o curso que faziam as moças da época para serem professoras de ensino infantil) conheceu Juvenal. Ele era, então, um homem muito bonito, de boa família, rico como ela, e cursava engenharia. "Um bom partido!", todos diziam. Sim! Hermínia tirara a sorte grande.

Depois de algum tempo ficaram noivos, e o casamento fora marcado para dali a um ano. Os preparativos para o casamento tiveram início logo após o noivado. Encontraram uma linda casa que ficava perto das casas dos pais de ambos. As despesas com a casa e toda a luxuosa decoração ficara por conta dos pais de Hermínia e Juvenal, que não economizaram em nada. O casal passava o tempo entre escolher mobília e acessórios e preparar os detalhes da festa, que seria para 500 convidados em média. A recepção seria inesquecível, e para isso alugaram um lugar elegante no bairro nobre da cidade onde viviam.

Hermínia nem sentia o ano passar. Às voltas com tudo o que dizia respeito à casa e à festa, havia ainda o enxoval que teria que completar, o vestido de noiva, os cuidados com a pele e os cabelos e outros pequenos detalhes. Queria que tudo fosse como ela sonhava e seu desejo era ser a noiva mais linda que já fora vista desde então. Isso não seria difícil, pois ela era naturalmente bela. Naquele tempo era alegre, vivaz, bondosa, e em nada lembrava a pessoa que chegara à nossa colônia.

Quando o dia tão esperado chegou tudo estava impecável. Compareceram à festa pessoas ilustres, conhecidas do público. O vestido – encomendado a profissional competente da época – emoldurava a beleza da jovem noiva, que radiante, encantava a todos enquanto desfilava pela nave da igreja a caminho do altar.

O noivo, no auge de alegria e da juventude não deixava por menos. As moças suspiravam por ele, e cada uma lamentava não ser ela a eleita do seu coração. No entanto, todos desejavam felicidades ao casal que tinha muitos amigos e pessoas que os queriam bem.

A festa foi inesquecível para todos que tiveram o privilégio de participar do grande evento. Nos mínimos detalhes, o cuidado, o bom gosto, e o carinho de quem a preparara com alegria.

No dia seguinte os noivos partiriam para a Europa em lua de mel. Em quatro semanas visitariam Roma, Paris, Londres, Madri e Lisboa. Haviam planejado todos os passeios cuidadosamente. Estavam acostumados a viajar com os pais, mas agora queriam juntos conhecer novos lugares ou voltar a outros que desejavam que simbolizasse o início da vida a dois.

Por alguns anos, a vida foi tão boa que parecia um conto de fadas, o famoso "e viveram felizes para sempre".

Logo no final do segundo ano em que estava casada, Hermínia engravidou. O pequeno Miguel chegou em meio a muita alegria, e o mesmo se repetiu no ano seguinte, quando chegaram os gêmeos, Victor e Sofia. Agora a alegria e a família estavam completas. Hermínia se considerava a pessoa mais feliz do mundo.

Juvenal trabalhava na construtora do pai e ela se dedicava aos filhos pequenos. Lecionara durante os dois anos em que não tinha filhos, mas agora era muito para conciliar. Por sorte, conseguira uma babá que ajudava a cuidar das crianças. Juntas elas davam conta dos três, embora não fosse tarefa fácil. Mais uma funcionária foi contratada para ajudar exclusivamente com tudo o que se referia aos bebês: lavar fraldas, preparar comida e passar as roupas deles. Não era um trabalho pesado, mas não tinha fim. Naquele tempo não havia fraldas descartáveis, freezer para congelar os alimentos das crianças, ou tecidos que não amassassem.

Naturalmente, não precisando lidar com essas tarefas cotidianas, a vida de mãe para Hermínia era muito confortável. Sobrava muito tempo para ficar com os filhos e para cuidar de si mesma. Ela continuava a mesma menina linda e alegre de sempre, e a vida era uma festa diária.

Porém, em uma manhã de domingo, ao entrar no quarto de Miguel, ela notou que o filho ainda dormia. Abriu a cortina e a janela para que o sol entrasse e o ar fresco da manhã pudesse renovar o ambiente. Animada, como sempre, brincou com o menino que tinha, então 12 anos.

— Vamos! Pare de fingir que está dormindo! Estamos esperando por você para tomar o café da manhã. Se não levantar agora mesmo, vou fazer tantas cócegas que vai cair da cama!

E assim ela fez. Jovialmente, debruçou-se sobre o filho e começou a fazer-lhe cócegas. Entretanto, em vez do riso alegre, permanecia no quarto o mesmo silêncio. Ela continuou fazendo cócegas no filho que não se mexia. Desesperada, começou a chacoalhar o menino que, imóvel, continuava em silêncio absoluto. Começou a gritar pelo nome do marido. Juvenal subiu correndo as escadas do sobradão, e chegou sem fôlego ao quarto do filho. Deparou-se com a cena mais triste que jamais poderia supor. Hermínia abraçava o corpo inerte do filho como se o estivesse acalentando, e ao mesmo tempo soluçava baixinho.

— Morto! Ele está morto!

Os dias que se seguiram pareciam um pesadelo. Ninguém falava e ninguém entrava no quarto que pertencera a Miguel. Em choque, todos agiam como autômatos. Não raciocinavam, apenas moviam-se de um lado para o outro quando necessário, passando, porém, a maior parte do tempo na imensa sala, fitando o vazio. Esse estado de coisas durou cerca de uma semana, quando então as mães de Hermínia e Juvenal resolveram entrar em cena e agir para colocar um fim naquilo, embora também tivessem seus corações partidos.

Aos poucos, a rotina da família foi restabelecida em parte. Juvenal ia para o trabalho, Sofia e Victor iam para a escola, e dessa forma se distraiam e esqueciam por algum tempo do trágico acontecimento. Quanto à Hermínia, tornara-se silenciosa e amarga. O riso que iluminava seu rosto deu lugar a rugas no canto dos lábios, e ela dificilmente esboçava um sorriso. Os gêmeos ficaram por conta total da babá, que acabou por assumir o papel que caberia a Hermínia – totalmente desinteressada de tudo e de todos. No seu íntimo decidira não mais dedicar afeto aos filhos e ao marido, pois temia que eles morressem e que ela sofresse ainda mais. A única pessoa que ela deixava entrar em seu mundo era a mãe, que tampouco sabia mais o que fazer para tirá-la daquele estado, uma vez que Hermínia recusava qualquer tipo de tratamento ou de ajuda.

Os gêmeos cresceram, namoraram, casaram. Juvenal acabou pedindo a separação, e Hermínia ficou só no casarão. A mãe decidira mudar-se para lá, pois havia algum tempo que ficara viúva. Ela cuidou de tudo da melhor maneira que pode, e como Hermínia não aceitava ajuda para sair daquele estado, a mãe buscara auxílio espiritual e profissional que pudesse ao menos aliviar um pouco a situação da filha.

Hermínia desapegou-se totalmente da família, mas, por outro lado, apegou-se exageradamente aos bens materiais. Infernizava a criadagem, inspecionando minuciosamente a limpeza de cada cômodo. Em vão a sua mãe tentava convencê-la a mudarem-se para um lugar menor. Hermínia vivia em um mundo próprio, e nele enclausurada, compusera um personagem frio, egoísta, totalmente centrado na arrumação e limpeza da casa. Essa fuga voluntária da realidade fez com que todos se afastassem do seu desagradável convívio. Apenas a mãe suportava o seu temperamento, e alguns criados - que eram bem pagos para permanecerem no casarão, ganhando, para isso, o dobro do que receberiam em qualquer outra casa.

A mãe de Hermínia começou a enfraquecer, e desencarnou em uma fria manhã de agosto. A perda daquela que fora o seu esteio por toda a vida fez com que Hermínia definhasse, e viesse a desencarnar dois meses depois. Em seu enterro compareceram apenas os filhos, os criados e os netos - que embora não tivessem um estreito convívio com ela compreendiam aquela alma atormentada.

A mãe de Hermínia jamais deixara de dar a todos a sua atenção, e sempre reforçava a ideia de que Hermínia havia sido uma das criaturas mais amáveis e gentis que ela jamais conhecera. Preservara, assim, a memória da filha que de algum modo morrera junto com Miguel naquela manhã ensolarada. Dessa forma, todos continuaram a ter carinho por ela e de algum modo deixaram que a compaixão falasse mais alto.

Passou algum tempo até que Hermínia pudesse reencontrar - no plano espiritual - a mãe que a esperava ansiosamente desde o dia da sua desencarnação. Ambas traçavam planos para a próxima reencarnação. Eram espíritos muito amigos que estavam juntos desde há muito tempo.

Quanto a Miguel, ele havia retornado para a mesma família, como Gilberto, o filho mais jovem de Sofia. Ele necessitara da breve experiência na carne como filho de Hermínia para cumprir os anos que deixara de viver em encarnação anterior. Desta vez tudo indicava que ele cumpriria com sucesso as tarefas a serem realizadas durante a nova encarnação com o qual fora presenteado.

Caro leitor, embora por vezes se abata sobre nós o desânimo, é necessário que tomemos as rédeas das nossas vidas e que sempre busquemos motivar-nos para prosseguir na jornada. Por várias vezes haveremos de nos defrontar com a dor.

Porém, a nossa vontade de seguir adiante precisa ser mais forte do que o desejo de nos entregarmos ao sofrimento. Lembremo-nos de que estamos aqui para aprendermos a lidar com os desafios, e não a eles nos entregarmos, pois, desse modo, deixamos de lado valiosas lições de progresso e desenvolvimento pessoal.

Geraldo: quando a vida convida à mudança

Geraldo havia sido criado no interior. Trabalhador do campo até os 18 anos, viera com a família para a cidade em busca de uma nova vida. Os pais e as duas irmãs logo conseguiram trabalho e ele, por sua vez, além de trabalhar, decidiu também estudar. Queria alçar voos mais altos. Conseguiu destacar-se como um dos mais competentes contadores da sua região e não lhe faltava trabalho; por consequência ganhava bastante dinheiro também.

Estava com 30 anos quando conheceu Ester. Ela era linda e delicada. Tinha, então, 24 anos. Os dois se apaixonaram e logo estavam casados. Nos anos seguintes tiveram 3 filhos: Anita, Sérgio e Osmar.

Os pais de Ester se mudaram para outra cidade, e nas férias escolares das crianças ela e os filhos iam passar duas semanas com eles. Quando era hora de voltar, Geraldo ia de ônibus para lá, ficava alguns dias, e então todos voltavam juntos no carro da família. Ester era ótima motorista, e por isso Geraldo nem se preocupava em dirigir.

Quando os filhos já estavam com 10, 12 e 15 anos, a família resolveu que nas férias de verão passariam a semana anterior à da volta às aulas na praia. Geraldo estava com muito trabalho no escritório, e por isso iria juntar-se a eles dois dias depois.

Ester e os filhos saíram bem cedo na segunda-feira, pois queriam aproveitar o dia na praia. Ela dirigia pela estrada, quando surgiu um caminhão desgovernado que apanhou em cheio o carro no qual os quatro viajavam.

Desnecessário descrever o acidente. Apenas devo narrar que todos desencarnaram imediatamente, sendo devidamente socorridos por amigos espirituais que os levaram a um local onde foram tratados. Após algum tempo, todos se recuperaram e compreenderam o motivo pelo qual haviam sido arrancados da vida de forma tão trágica.

Geraldo, naturalmente, ficou profundamente abalado. Não queria mais trabalhar nem sair de casa. Deixava-se ficar o dia todo no sofá da sala de estar, enquanto as irmãs se revezavam em cuidar dele e da casa. Ambas eram casadas e tinham filhos que trabalhavam também no escritório de contabilidade, onde trabalhava inclusive o marido de uma delas. Geraldo acabou deixando de lado o escritório e passava os dias sem fazer nada. Mudou-se para um apartamento pequeno, perto da casa das irmãs, e com o tempo foi ficando cada vez mais deprimido. A vida perdera totalmente a graça para ele. Embora estivesse sempre cercado pelos familiares e fizesse o possível para se animar aceitando convites para tudo o que eles decidissem fazer, nada conseguia animá-lo de fato. Ele vivia como se estivesse morto para a vida. Cumpria as necessidades de sobrevivência sem, no entanto, demonstrar interesse verdadeiro por qualquer coisa que fosse.

Cerca de doze anos se passaram. Fechado em seu mundo, abatido e desanimado, Geraldo nem notava quando era visitado pela família que vinha com a intenção de tentar reanima-lo. Tal era a sua prostração, que ele não tinha qualquer sensibilidade para conectar-se às boas vibrações que eles emanavam. Costumavam vir separadamente, mas em certa ocasião, vieram os quatro, enchendo o ambiente com a sua luz e positividade. Mais uma vez, o efeito foi muito pequeno em Geraldo. Durante a visita, a saudade que ele sentia da família se acentuou ainda mais. Em vez de captar as boas vibrações que Ester e os filhos lhe traziam, ele – fixado que estava na própria dor – ficou imerso em pensamentos sombrios, e só desejava morrer para juntar-se a eles.

O tempo passou, e Geraldo estava agora com 67 anos. Ester e os filhos continuavam a visitá-lo quando podiam, mas perderam a esperança de vê-lo bem. Haveria de ser no tempo dele, e não de outro modo.

Um dia, quando já estava totalmente deprimido, sem aceitar tratamento de qualquer espécie, sem vontade de sair da situação na qual se encontrava, Geraldo tomou veneno para ratos, mas não desencarnou. A partir daquele dia, envergonhado, começou a beber e a perambular pelas ruas. Os familiares o buscavam e o levavam para casa, cuidando dele da melhor forma que podiam. Ele, porém, já não queria mais viver, e foi se entregando cada vez mais àquela vida. Algum tempo depois, Geraldo foi encontrado morto na rua, onde dormia sob um viaduto. Por sorte carregava um documento e um cartão do escritório, o que possibilitou que a família fosse contatada.

Acabara assim aquela encarnação de Geraldo. Ester e os filhos deram a ele toda a assistência possível, mas quando ele os via pensava ainda estar encarnado e julgava estar sonhando.

Na colônia onde o acolhemos, Geraldo recebeu o tratamento necessário para que se restabelecesse, mas demorou bastante para que ele superasse a sua condição, pois havia, por vontade própria, se isolado no seu mundo próprio de desespero, tristeza e dor.

Explicações necessárias: Todos nós, em ocasiões diversas, enfrentamos momentos de dor. Mesmo quando, por vezes, vemos alguém que nos parece feliz e bem resolvido, não sabemos quais sentimentos se escondem por trás de uma aparência tranquila e alegre. Questões de foro íntimo, muitas vezes, atormentam aqueles que julgamos viverem a "vida dos sonhos".

Frequentemente, carregamos conosco várias mazelas de encarnações anteriores, cujas soluções ainda se encontram pendentes. Daí a importância de na encarnação atual – ou mesmo quando desencarnado, se este for o momento que estejamos vivendo – buscar resolver o maior número de questões que ainda nos desafiam. Assim, por mais que a dor queira permanecer conosco, é necessário expulsar da casa mental os pensamentos sombrios e negativos, a fim de que possamos ser alcançados pelas vibrações de auxílio emanadas por encarnados e desencarnados.

Momentos dolorosos são um convite à reavaliação dos próprios atos e ao fortalecimento por meio de preces, meditação e muita ação no sentido de superar seja lá o que estivermos passando. É fácil? Para uns mais do que para outros. Porém, é possível se assim o desejarmos verdadeiramente.

Temos a tendência de nos entregarmos ao desânimo e ao pessimismo. E muitos ainda se perguntam por que motivo precisamos passar por experiências dolorosas. Vejamos, se nossas vidas fossem exatamente como desejássemos, em todos os sentidos, será que buscaríamos soluções e aprendizado?

Se jamais tivéssemos que nos preocupar com qualquer coisa que fosse, será que buscaríamos o nosso aperfeiçoamento, passaríamos o nosso tempo à procura de meios de progredir em todos os sentidos? Provavelmente, sem desafios ficaríamos quase todos acomodados e estancados no mesmo lugar, sem a mínima preocupação em evoluir. Sim, pois evoluir, buscar o melhor, é o que todos fazemos, mesmo quando não nos damos conta desse fato.

Em todos os momentos estamos buscando o melhor, pois nascemos para o melhor! Quando tivermos essa consciência e colocarmos em prática o nosso melhor, haveremos de progredir muito, individual e coletivamente. Para entender com mais clareza esse pensamento, chamo a atenção do leitor para detalhes que por vezes passam despercebidos até de nós mesmos: um novo jeito de fazer algo ou uma forma mais fácil de realizar uma tarefa qualquer, são maneiras de buscar a perfeição, de buscar o melhor. E é esse o propósito da vida.

A história de Geraldo ocorre com muito mais frequência do que se imagina. Naturalmente, não nos cabe aqui julgá-lo, porém lembrar que mesmo nos momentos mais sombrios da nossa existência temos companheiros ao nosso lado que buscam nos inspirar ao ânimo, ao equilíbrio e à harmonia interior. É necessário, no entanto, que estejamos na mesma vibração para captar o que nos é enviado.

Cada um de nós recebe os acontecimentos de um jeito diferente. Não existem padrões. Por isso, é inútil querer moldar exemplos e receitas de comportamento. Lembremo-nos de que somos seres muito antigos, carregando dores e experiências únicas, e que para alcançar a paz interior e a plenitude cada qual tem a sua própria fórmula.

Somos todos companheiros de jornada na viagem chamada vida. No entanto, a busca e a solução são encontradas por cada um conforme essa mesma vivência e entendimento experienciados individualmente. Daí não haver seres exatamente iguais. A vida pulsa em harmonia e individualidade! E é esse o seu encanto.

Capítulo 5

Estava agora em outra colônia onde aprenderia um pouco mais acerca de transtornos psíquicos. Estudava bastante, e foi me dada a oportunidade de entender melhor as dores que nos moldam e que conduzem as nossas atitudes.

Muitas vezes ouve-se a pergunta: "Quanto tempo demora para curar determinado estado mental?". A melhor resposta em qualquer caso é: Não há como saber, uma vez que a cura depende muito da atitude da criatura que está passando por aquela situação. É preciso entender que muitas vezes esse estado de angústia já se encontra instalado na pessoa há muito tempo; por vezes, há muitas vidas. Daí a dificuldade no tratamento.

Embora os medicamentos ajudem a controlar os diversos estados de depressão e de ansiedade, causadores de outros males que se sucedem, é a transformação do indivíduo que mais traz os resultados desejados. É por meio da mudança e da ressignificação dos diversos acontecimentos que as ideias criam novas formas e que o indivíduo se livra dos seus "fantasmas". Sim, certas ideias e pensamentos são como fantasmas a assombrar a criatura, principalmente nos momentos em que ela se encontra só, ou enfrenta algum fator externo que contribui para desencadear sentimentos e desencorajar ao prosseguimento da própria jornada.

Insisto na necessidade de acolher aquele que sofre de transtornos psíquicos com compreensão, compaixão, e sem julgamentos. Por outro lado, quem padece de qualquer tipo de enfermidade psíquica precisa entender que essa é uma situação como qualquer outra de desequilíbrio físico. É necessário despir-se de qualquer constrangimento e buscar a ajuda adequada para cada tipo de situação, a fim de que a mesma seja solucionada o mais breve possível, para que a pessoa tenha condições de desfrutar a vida em toda a sua plenitude.

Muitas vezes, por sentir vergonha de pedir ajuda, por orgulho ou por achar que não precisa de ninguém para estender-lhe a mão, a criatura perde a existência e a oportunidade de aproveitar a encarnação com a qual foi presenteada, deixando de evoluir e de realizar os planos traçados para quando aqui chegasse.

Na colônia, desencarnados com transtornos psíquicos chegavam o tempo todo para receber o tratamento adequado e prosseguir na sua jornada com mais leveza e alegria.

Paolo, uma história bastante comum

Acabáramos de voltar de uma tarefa quando fui chamada para receber um recém-desencarnado. Apresentei-me no local designado e logo estava à frente de Paolo. Ele se mostrava bastante nervoso, e parecia não entender o que estava acontecendo. Eu seria a principal responsável por ele, embora contasse com uma equipe que o assistiria na minha ausência. Eu tinha, então vários "afilhados" como eu os chamava. Eram irmãos a quem eu dava uma atenção especial várias vezes por semana. Embora quando encarnada eu não tivesse uma formação no que diz respeito à área psíquica, adquiri conhecimentos que foram me capacitando a esse trabalho tão delicado de entender um outro ser, e atuar, conforme a sua permissão, como sua terapeuta, para que juntos alcançássemos a conquista do seu equilíbrio psíquico. E, foi por isso que estendi esse convite ao aprendizado nessa área à encarnada que ora recebe estes escritos, e que muitas vezes já viera trabalhar junto a mim no local onde eu atuo.

É cada vez mais necessário que estejamos atentos aos nossos sentimentos e pensamentos, e à forma como estes atuam sobre a maneira como nos portamos perante as mais diversas situações que experimentamos. Quadros de depressão - e até mesmo suicídios - podem ser evitados se cuidarmos melhor dessa área da nossa vida.

Voltando à Paolo, ele desencarnara aos 25 anos. Profundamente deprimido, sua vida não tivera qualquer sentido. Quando criança, vivia com todo o conforto, mas, esquecido pelos pais, ficava invariavelmente sob os cuidados de quem estivesse por perto no momento. Os pais, médicos renomados e competentes nas áreas em que atuavam, estavam sempre ausentes - quando não por motivo de trabalho, por viagens de lazer ou compromissos com os vários amigos que bajulavam o famoso casal sempre presente nas colunas sociais.

Não havia tempo para o pequeno Paolo. Até os 5 ou 6 anos ainda podia contar com o carinho da avó materna que morava com o casal e dedicava todo o seu tempo ao neto que amava profundamente. Porém, ela desencarnou subitamente em uma tarde de domingo enquanto os dois assistiam um dos filmes favoritos do menino. Esse fato causou um forte trauma no pequeno que, a partir de então, parecia ter medo de tudo. A alegria de outros tempos dera lugar à tristeza e à desconfiança. Na escola já não brincava com os colegas e passava longas horas na frente da TV, por vezes não assistindo absolutamente nada: apenas deixava que o aparelho lhe fizesse companhia.

Os pais contrataram uma babá extremamente qualificada, porém bastante rigorosa. Muito eficiente na parte intelectual, faltava-lhe, todavia, oferecer ao menino o acolhimento do qual ele necessitava. Foi também nessa ocasião que ele começou as sessões de terapia. Uma das maiores psicólogas da cidade atendia Paolo semanalmente.

Os anos se passaram e ele conseguiu se adequar às regras escolares e corresponder àquilo que dele se esperava. Era bom aluno - muito por influência da babá, que viria depois a ser a governanta da casa a fim de que continuasse fazendo o papel de mãe do jovem "órfão de pais vivos". Mas, apesar de todos os revezes relacionados aos pais, ele se tornara bom e gentil.

Temos aqui que fazer uma observação: a avó desencarnada conseguira, por seus méritos, tornar-se uma espécie de guardiã de Paolo, auxiliando, assim, o seu protetor (que muitos chamam também de anjo da guarda) a cuidar do neto. A avó o inspirava e o auxiliava nas horas difíceis, dando-lhe o suporte afetivo necessário para que ele pudesse se desenvolver. Ele sentia, muitas vezes, que estava protegido, e sorria lembrando-se da avó. Às vezes chorava de saudade dela, mas logo sentia que de algum modo ela velava por ele.

Paolo havia se graduado em arquitetura. Já estava trabalhando em um famoso escritório e parecia que a vida poderia sorrir para ele. Porém, quando estava namorando Julia, a garota por quem era apaixonado desde a adolescência, ela desencarnou devido a uma doença que se manifestou de repente e a levou em poucos dias. Ele não conseguiu superar esse acontecimento, entrando em profundo estado de depressão. Nem médicos, nem remédios foram capazes de tirá-lo de tal situação, pois ele nada fazia para ajudar a si mesmo. Perdeu completamente o entusiasmo por tudo que o rodeava, e desencarnou por já não se interessar pela vida.

"Morreu de tristeza", disseram os pais da moça, que haviam acolhido Paolo carinhosamente como membro da família. Pela primeira vez ele havia sentido como era ser parte de uma família de verdade, com almoço e conversa em volta da mesa, e pessoas demonstrando carinho e atenção umas com as outras. Julia e Paolo haviam feito planos para se casarem: já haviam escolhido a data e estavam preparando o apartamento onde iriam morar. Desde os primeiros anos da infância, quando contava com o carinhoso acolhimento da avó, ele não sentia tanta alegria. Tinha certeza de que dali em diante a vida seria sempre muito boa.

Paolo desencarnou, veio para a nossa colônia, mas não se deu conta do que havia ocorrido. Precisávamos agora fazer com que ele entendesse o que havia acontecido e que, aos poucos, aceitasse a sua nova condição. A avó viria então assumir os cuidados com ele. Se ela aparecesse naquele momento ele poderia se desequilibrar ainda mais.

Olhando-me com seus profundos olhos azuis, assustado ele me perguntou:

— Meus pais sabem que vim para este hospital? Eles virão me visitar?

— Eles sabem o que aconteceu com você, mas no momento você não pode receber visitas — respondi.

Ele pareceu contrariado, mas logo disse sorrindo tristemente:

— Para que viriam, não é? Nunca se se interessam pelo que está acontecendo comigo. Por que motivo haveriam de aparecer agora? Talvez, se eu morresse, eles nem achassem tempo para ir ao enterro.

As últimas palavras vieram carregadas de um choro convulsivo. Eu o abracei e deixei que ele aliviasse a sua dor.

Os dias passavam e ele parecia não querer sair do torpor que dominava a sua mente. Os pensamentos jaziam congelados no passado como se aquela fosse a realidade atual.

Aqui, é necessário observar que muitos de nós vivemos obsessivamente o que já passou, sem que dessa forma ofereçamos a nós mesmos a oportunidade de apreciar o que se passa presentemente ao nosso redor. Tal situação é muito triste, pois faz com que o indivíduo deixe triplamente de viver, uma vez que o passado já foi, no presente ele vive de recordar o passado e, portanto, não há qualquer planejamento para o futuro. Sejamos gratos ao passado, aproveitando as lições e o aprendizado que ele nos trouxe, mas que ele possa ficar onde está.

Lembrar-se de momentos já vividos é natural e muito agradável por vezes. Porém, passar o tempo todo cultuando recordações infelizes e lamentando por coisas que não ocorreram – ou que ocorreram de forma indesejada – apenas trará infelicidade, frustração e doença. Nasce daí um estado depressivo, por vezes com consequências funestas. Sejamos livres para usufruir dos momentos alegres e agradáveis que nos são ofertados o tempo todo a cada novo acontecimento.

Muitos se queixam de que a sua vida não traz novidades e já não tem qualquer encanto. Porém, na maior parte das vezes, o que ocorre é que a pessoa não encontra graça em mais nada e se deixa morrer em vida. Essa é verdadeira morte: morrer significa fechar as possibilidades e oportunidades por perdermos a capacidade de enxergar além do que está a nossa frente. É preciso entender que, em qualquer circunstância, existe a possibilidade do recomeço: quando um ciclo se fecha, automaticamente abre-se outro. E essa é a roda da vida que gira ininterrupta-

mente para que possamos aprender sempre e nos desenvolvermos cada vez mais, evoluindo e fazendo cada vez melhor tudo o que fizermos.

Busquemos ajuda, estejamos abertos para encontrarmos soluções novas para situações antigas. A vida convida, a todo momento, à renovação à alegria e ao aprendizado.

Como nada é para sempre, Paolo foi aos poucos saindo daquele torpor no qual se encontrava. Os passes magnéticos, as conversas terapêuticas e, por fim, a sua vontade de recomeçar, acabaram surtindo os efeitos desejados. Ele era agora uma pessoa bem diferente. A mágoa escondida dentro de si pela indiferença com a qual os pais o haviam tratado deu lugar ao entendimento e ao perdão.

Em vida pretérita, Paolo havia sido um rico negociante que fizera fortuna explorando pessoas que passavam por dificuldades financeiras. Enriqueceu por meio de agiotagem, e não tinha o menor escrúpulo em tirar das pessoas até o seu último bem, não se importando em que situação elas ficariam.

Naquela ocasião, os pais (da última encarnação) eram gente também rica, mas devido à má administração dos seus negócios haviam ficado em situação difícil.

Pediram a Paolo – que então chamava-se Fernando – uma soma em dinheiro para quitar algumas dívidas. Deram-lhe em troca uma das suas propriedades e restava-lhes agora a propriedade na qual moravam como único bem. Paolo (Fernando) não satisfeito com a propriedade que recebera, e que na verdade cobria muitas vezes o débito do casal, utilizou meios ilícitos para tirar deles até esse último imóvel. Tal fez com que o atual pai de Paolo se desequilibrasse e cometesse suicídio.

Sem recursos, a atual mãe de Paolo adoecera e desequilibrando-se psiquicamente acabara por viver perambulando nas ruas como mendiga, pois ambos não possuíam parentes, e os amigos acabaram se afastando. Ela veio a falecer devido à doença, fome e frio.

Vemos, no entanto, que embora eles fossem indiferentes ao filho, jamais o abandonaram. Deram a ele o amparo material e transferiram para outros os cuidados com o filho. Torcemos para que em outra oportunidade, quando voltarem a reencarnar, aprendam a amar Paolo que lhes causou tanto mal no passado.

Ao conhecer esse lado da história, Paolo sentiu muita dor, profundo remorso e vergonha. Jurou que faria de tudo para ressarcir os pais assim que fosse permitido. Decidira trabalhar arduamente para conquistar a benção de acolher os pais dessa vida como seus filhos e proporcionar a eles o melhor lar possível.

Agora, ao invés de se sentir injustiçado sentia-se profundamente grato por tudo o que os pais lhe haviam proporcionado, e principalmente pelo fato de eles terem lhe dado a oportunidade de reencarnar.

A avó, que tanto o amava, é na verdade um espírito que já convive com ele há muitos séculos, e fora a sua mãe na vida que acabamos de narrar. Seu grande amor por ele jamais a deixara desistir de inspirá-lo a melhorar e a viver com plenitude.

A namorada que desencarnara fora em outra encarnação a esposa que ele amara muito, e os pais dela já haviam sido os seus irmãos. Se ele não tivesse "morrido de tristeza", teria no amparo deles a força necessária para prosseguir na jornada terrena e talvez até pudesse começar a melhorar o relacionamento com os pais ainda nessa última encarnação. Porém, o que passou ficou no passado, como convém ficar, e dali em diante ele estava aberto aos convites e oportunidades que a nova condição lhe trazia.

Estávamos felizes por ver coroado de êxito o trabalho e o esforço conjunto para que Paolo se libertasse de sentimentos que além de não trazerem qualquer benefício faziam com que as coisas piorassem. Ele agora estava livre para recomeçar, e para escrever um novo capítulo no livro da sua existência.

É necessário lembrar que cada um de nós é responsável pelo próprio progresso e desenvolvimento. É comum culparmos os outros pelos nossos insucessos. Porém, nem sempre somos capazes de reconhecer o bem que nos fazem inclusive nas pequenas coisas e pequenos gestos do cotidiano. Assim, poucos se lembram de agradecer pela roupa lavada, pela comida que o alimenta, por um simples cafezinho, pelo tempo que alguém lhe dedica, e vai por aí afora a lista de bênçãos quase sempre esquecida por aquele que as recebe.

Quando tudo se torna natural na nossa vida, a ponto de não mais reconhecermos as dádivas que nos chegam a todo momento, é necessário repensar na maneira como estamos procedendo perante a vida, pois tudo o que nos cerca, pulsa trazendo energia.

Busquemos sempre escolher por companhia os bons pensamentos e as boas atitudes, considerando, porém que por vezes é preciso tomar decisões que poderão contentar alguns e contrariar outros. Vamos deixar claro que concordar sempre com aquilo que nos dizem ou nos pedem não significa, necessariamente, que estamos agindo da melhor maneira. Há muitos que para agradarem os outros, ou simplesmente para se livrarem de um aparente transtorno, acabam por criar uma situação ainda mais desfavorável que por vezes leva muito tempo para ser solucionada. Sejamos, então, coerentes nas nossas escolhas e decisões, sem jamais forçar a nossa própria natureza de modo a que não consigamos cumprir o que nos propomos a realizar. Ter a humildade e a sabedoria de reconhecer os nossos limites faz parte do nosso desenvolvimento, sendo também necessário reconhecer que comodismo e falta de vontade nada têm a ver com o fato de por vezes não desejarmos fazer algo, ou de entendermos que esta ou aquela atitude não é mais adequada para determinado momento.

A dor de Lucas

Ele era um rapaz franzino, parecia um garoto, embora tivesse vivido na Terra por 35 anos. Seus profundos olhos escuros mostravam medo e, por vezes, um grande pavor, quando ele se lembrava de fatos ou situações que o haviam marcado. Desencarnara havia alguns meses, e nós o mantínhamos calmo por meio da aplicação de passes magnéticos nos momentos de grande agitação.

Lucas havia vivido um quadro intenso de depressão quando encarnado. Aos poucos fora perdendo o interesse pelas coisas que antes o alegravam ou motivavam. A depressão fora se instalando de mansinho. No início ele achou que andava cansado e por isso não tinha mais vontade de fazer as coisas que estava habituado a fazer. Recusou-se a consultar um médico, pois acreditou que dormindo mais nos fins de semana voltaria a sentir-se disposto. Isso, no entanto, não ocorreu. Na verdade, o quadro piorava cada vez mais.

A depressão é uma doença que acompanha a humanidade há muito tempo. O indivíduo sofre de uma tristeza profunda, perde o interesse por tudo, não tem ânimo para nada e seu humor é oscilante. Medo e insegurança são também constantes, além da sensação de vazio e da ansiedade. A pessoa pode também apresentar sintomas físicos sem causas aparentes.

A depressão resulta de interações entre fatores genéticos e ambientais, e exige atenção, cuidado e acompanhamento médico constante. Há evidências de alterações químicas no cérebro da pessoa que apresenta um quadro de depressão.

Segundo a Organização Mundial de Saúde (OMS), os casos de depressão estão aumentando globalmente – 18,4% desde 2005. Estima-se que até 2020 ela será a enfermidade mais incapacitante no mundo todo.

Ainda segundo a OMS, o Brasil é o país mais depressivo da América Latina.

A depressão é a principal causa de mortes por suicídio.

As mulheres são as principais afetadas.

Fatores psicológicos e sociais podem ser consequência e não causa da depressão.

Os seguintes fatores podem aumentar as chances de desenvolver a depressão: abusos de qualquer natureza, medicamentos e seus efeitos colaterais, conflitos, morte de um ente querido ou qualquer outro tipo de perda, eventos negativos, problemas pessoais de modo geral, a ocorrência de doenças graves e o abuso de substâncias como álcool, cigarro e drogas ilícitas.

Exercícios físicos regulares, relaxamento, lazer, sono adequado e alimentação saudável podem prevenir a depressão.

Ele trabalhava como autônomo, fazendo projetos gráficos para os seus clientes. Os negócios iam bem, e ele contava com clientes assíduos que indicavam o seu trabalho para tantos outros.

O trabalho que costumava demorar horas para ficar pronto acabou por levar muitos dias, depois meses. Os trabalhos maiores ele já não dava mais conta de fazer, pois não conseguia ter concentração, e, por fim, nem mesmo sair da cama ele conseguia. Perdeu a vontade de tudo: comer, tomar banho, enfim, fazer as coisas mais básicas.

Lucas definhava a olhos vistos, e não tardou para que afundasse de vez naquele estado. Os poucos amigos, em sua maioria, haviam se afastado. Um ou outro e um parente aqui e ali, inclusive os pais, criticavam-no mais do que apoiavam e, pelas costas, julgavam-no fraco e sem força de vontade para sair da situação.

Os medicamentos deixavam-no cada vez mais ausente da sua própria essência, e ele se tornara um quase vegetal. Parecia não haver mesmo como sair daquela situação de angústia e tristeza.

Os pais reclamavam constantemente da situação do filho, e geralmente nem se dispunham a acompanhá-lo a uma consulta. O médico que o atendia tampouco falava algo que pudesse mostrar a ele uma saída para aquele estado desesperador.

Lucas buscara a terapia, mas de novo encontrou apenas pessoas pouco interessadas em ajudar, pois os profissionais que o atenderam visavam mais o pagamento do que achar um meio de ajudar o rapaz.

Envolvido, ainda, por espíritos que consideravam Lucas o seu pior inimigo, ele foi afundando cada vez mais na depressão sombria e profunda.

Vamos, porém, entender melhor essa história. Em outra encarnação, Lucas fora feitor de escravos. Chamava-se então Raimundo. Sem qualquer escrúpulo, separava famílias inteiras ao comprar pessoas. Escolhia as mulheres mais bonitas para depois forçá-las a servi-lo como amantes, estuprava meninas, impunha castigos desumanos àqueles que o contrariassem, e, por vezes, até sem motivo, mandava qualquer um para o tronco se estivesse mal-humorado naquele dia.

Todos temiam aquela figura enorme que quando caminhava dava a impressão de fazer a terra tremer. Criaram-se histórias sobre ele que contavam de como ele havia fugido do inferno, ou, ainda, de que ele seria o próprio filho de Satanás, tamanha era a maldade daquele ser.

Certo dia, os escravos resolveram colocar um fim àquela situação de mandos e desmandos por parte dele, e resolveram fazer justiça à sua maneira. Esperaram que ele dormisse e, depois de se certificarem que ninguém mais estava acordado, foram os homens mais fortes e o amarraram, vedaram-lhe os olhos e taparam a sua boca para que ele não pudesse chamar por socorro. Espancaram-no até que estivesse em carne viva, jogando em seguida salmoura bem forte sobre o seu corpo - do mesmo jeito que ele costumava fazer com os escravos em situação semelhante. Raimundo se contorcia de dor, e naquele momento sentiu o que sentiram aqueles que ele havia maltratado por tanto tempo. Aquele instante foi como despertar de um pesadelo. De repente se deu conta do quão monstruoso ele havia sido. Como por encanto, passava em sua mente um filme, mostrando a ele todas as atrocidades cometidas contra pessoas indefesas - e quase sempre injustamente, uma vez que não havia qualquer tipo de motivo para que ele agisse daquele modo.

Desse ponto em diante ele começou a chorar copiosamente, mas não era dor física, pois essa ele já não sentia mais. Ele agora chorava de arrependimento, e por imaginar que fora o causador de dores físicas e morais imensuráveis. Não sentia qualquer rancor contra aquela gente - na verdade agradecia por eles estarem dando a ele essa lição que provocara um despertar, que lhe mostrara que fora cruel, e que desperdiçara a sua vida fazendo apenas coisas ruins. Suas lágrimas se misturavam à salmoura, mas os soluços não conseguiam ocultar dos escravos que o "homem sem coração", "a peste", como o chamavam, chorava. Eles entenderam que o choro era de dor, e riam, gargalhavam mesmo. Apenas José, um escravo ainda jovem, teve compaixão de Raimundo (Lucas), e apesar de todo o seu histórico de crueldade, o feitor recebeu de José um pedido de intercessão por ele. "Nosso Senhor tenha piedade de vosmecê, seu feitor", orou José da forma simples e sincera que sabia.

Os escravos haviam levado o feitor para perto de um rio que corria por lá. Atearam fogo em seu corpo que foi depositado no meio do mato. Não jogaram o corpo no rio "pra não estragar as águas", disseram eles.

E, assim, Lucas se foi para o mundo espiritual. Aprendeu muito na ocasião, pois a forma como desencarnara trouxe a ele um entendimento maior da vida. Muitas vezes chorou de arrependimento sincero; as cenas de horror, causados por ele, desfilavam perante os seus olhos qual um filme macabro. Na ocasião ele buscou o perdão de cada um que havia prejudicado – mesmo daqueles que já estavam encarnados. Alguns o perdoaram, outros se comoveram, mas muitos escarneciam dele, e queriam que ele sofresse muito para "pagar pelo malfeito".

Lucas ficou bastante tempo na erraticidade (isto é, desencarnado). Procurou redimir-se como pode, dando, de fato, o melhor de si.

Reencarnara, mas desde muito jovem sentia um tipo de desconforto e de remorso que não sabia de onde vinham. Nada sabia sobre reencarnação, e a ideia de que nascemos e "morremos" muitas vezes não o convencia, embora ele sentisse, de certa forma, que esta seria a única justiça possível, uma vez que ninguém nasce ou desencarna perfeito, pois sempre há muito a aprender na vida. Porém, não se sentia totalmente preparado para digerir e aceitar tudo isso de que ouvia falar. Na faculdade tinha um bom amigo que às vezes lhe falava sobre tais assuntos. Lucas, porém, nunca havia dado a devida atenção ao tema; como a maioria dos encarnados, ele postergava esse tipo de conhecimento.

Aliás, é interessante como, de algum modo, quase sempre não damos prioridade aos assuntos deveras importantes. Muitas vezes, entre a fofoca sobre alguma celebridade e um assunto que trate do nosso autodesenvolvimento, acabamos dando preferência para o primeiro, como se não houvesse qualquer urgência de fazermos o que realmente importa. Vive-se, geralmente, como se a vida fosse um pesado fardo a suportar, cumprindo-se as tarefas diárias e quase sempre sem pensar no que é realmente importante e necessário fazer para que possamos – ao deixar o corpo físico – levar conosco uma bagagem bem maior do que aquela que tínhamos ao chegar, no que se refere às nossas conquistas pessoais no campo do autoconhecimento, autodesenvolvimento e autoamor.

As frases "os homens vivem como se nunca fossem morrer" e "morrem sem nunca ter vivido", infelizmente aplicam-se em muitos casos, pois a maior parte das pessoas está mais ocupada com assuntos banais.

Naturalmente, o fato de estar encarnado traz consigo implicações de ordem material que não devem e não podem ser ignoradas. É necessário estudar, trabalhar, ter amigos e cultivar relacionamentos, mas é também indispensável conhecer-se e desenvolver o seu potencial, sempre visando dar o melhor de si em qualquer atividade que nos propomos a desempenhar. Ser um pouco melhor a cada dia significa descobrir-se, fazer tudo bem feito, saber que o mundo é um lugar melhor cada vez que contribuímos com esse melhor que há em nós.

É ingenuidade – e acomodação –acreditar que o outro molda quem nós somos. Na verdade, isso é fugir da responsabilidade que cada um de nós tem por si mesmo. Transferir para os outros a responsabilidade pelos nossos atos é traço de infantilidade emocional, uma vez que cada um responde por si. Se por um lado recebemos influências do meio no qual vivemos, por outro cabe a cada um de nós filtrar o que nos chega e agirmos de acordo com o nosso entendimento e maturidade emocional, que são também áreas a serem desenvolvidas.

Infelizmente, a maior parte da população da Terra vive como autômatos, deixando que a vida escolha em seu lugar. É claro que existe muita coisa que não depende de nós. Porém, é como agimos em cada situação que vai determinar o nosso crescimento, e permitir que deixemos a atual encarnação em melhores condições do que quando aqui chegamos.

Hoje fala-se muito em direitos e igualdade de condições. Isso é justo, e chamar a atenção para tais coisas é muito importante. Noto, porém, que muitos apenas querem a melhora das coisas sem de fato *se comprometerem com aquilo que pregam. Desse modo, brigam para conseguir a paz, cometem injustiças ao clamar por justiça, gritam para pedir silêncio e se agitam para buscar serenidade. Exigem do outro aquilo que não têm, ao invés de procurar conquistar o que lhes falta; falam que a vida é uma luta, e dessa forma estão sempre combatendo.*

Viver é trabalhoso, no sentido de termos que nos dedicar integralmente a ver as oportunidades à nossa volta e agradecer pelas bênçãos que nos cercam. Quem dá o tom do meu dia sou eu e não as pessoas e circunstâncias à minha volta. Dessa forma, quando me proponho a ter um bom dia, eu o terei. Sempre acontecerão situações trazendo desafios e exigindo soluções. Mas, não é para isso que estamos aqui? A ideia não é aprender a contornar obstáculos e vencer desafios?

Somos ainda crianças emocionais, aprendendo a nos portar bem perante o mundo, a lidar com as situações à nossa volta. Sem problema, pois isso faz parte do nosso processo evolutivo. Porém, é necessário que estejamos verdadeiramente comprometidos em nos transformarmos em pessoas melhores, a fim de que a nossa existência valha a pena. Assim, que possamos terminar cada dia sabendo que demos o nosso melhor. E, se acaso o nosso melhor não tiver sido suficientemente bom para resolver aquilo que nos propusemos a fazer, que no nosso íntimo permaneçamos descansados e em paz por termos sido e agido dentro do melhor que havia em nós naquele momento.

Luísa e a pressa de fugir à vida terrena

Quando Luísa chegou era pouco mais que uma menina. Ainda recém-saída da infância havia pulado da janela do sexto andar do prédio de apartamentos onde vivia com a mãe e o irmão 5 anos mais velho.

Assustada, pensava - como aliás é comum entre os desencarnados que chegam aos postos de socorro - estar em um hospital. Queria ver a mãe e o irmão, chamava pela melhor amiga, Tânia, mas, naturalmente, ninguém estava ali para visitá-la.

Por muitos dias nós a mantivemos em repouso para que não se agitasse demasiadamente. Nosso intuito era que se livrasse o quanto antes das impressões causadas pelos últimos momentos de vida no corpo físico. Aplicávamos passes magnéticos que a anestesiavam de modo que pudesse se recuperar mais rapidamente.

Na Terra, as pessoas mais próximas não conseguiam entender o que havia levado a menina a dar fim à própria vida sendo tão jovem, e tendo uma condição aparente de felicidade: boa escola, passeios, um lar estruturado, apesar da ausência do pai que desencarnara em um acidente quando ela estava com apenas dois meses. Os avôs - materno e paterno - serviam de pais, comparecendo às festas escolares e eventos nos quais um pai tivesse que estar presente. Ela, orgulhosamente, anunciava a todos que tinha "dois papais". Assim, ela cresceu em um ambiente de amor e tranquilidade em todos os sentidos.

A notícia do suicídio chocou a todos. Muitos supunham que tivera sido um acidente, pois não podiam crer que ela houvesse, de fato, tirado a própria vida.

Vamos entender melhor o que se passava com Luísa. Como no caso de Lucas, trazia consigo as marcas de encarnações infelizes. Em outras encarnações também cometera suicídio, como se essa fosse a solução para livrar-se de questões que a atormentavam. O fato de que tirar a própria vida poderia livrá-la dos assuntos não resolvidos ficou tão marcado nela, que no seu íntimo ela acreditava ser essa a melhor maneira de encarar os problemas do cotidiano.

Nos últimos tempos, Luísa andava transtornada, pois pensava ser homossexual. Não entendia porque sentia-se atraída pela melhor amiga, e sua vida passou então a ficar muito difícil, uma vez que não tinha coragem de contar a ninguém o que sentia. Na verdade, a atração que ela pensava ser homossexualidade, era apenas admiração por Tânia que quase sempre se mostrava decidida e corajosa. Tais características encantavam Luísa, que era indecisa e medrosa. Se tivesse ficado encarnada, ela logo perceberia a realidade, e poderia prosseguir com a sua vida tal como houvera sido planejado antes de seu nascimento. Viveria bastante, realizando muitas coisas às quais havia se proposto antes de reencarnar.

Nós cuidamos dela com carinho e aos poucos ela foi se recuperando. Naturalmente, ao tomar conhecimento de tudo o que estava planejado para a vida que ela voluntariamente encurtou, entrou em pânico.

Porém, conseguimos que ela entendesse que em nova encarnação poderia realizar aquilo que não fora possível, e que até que tivesse uma nova oportunidade seria muito preparada, a fim de colocar fim a sucessão de suicídios que vinha praticando. A misericórdia divina sempre haverá de proporcionar a cada um de nós o que for necessário para a nossa evolução.

Cresce de maneira assombrosa o número de suicídios ao redor do mundo. Sem coragem para enfrentar problemas diversos, influenciados por desafetos de outras vidas, por fraqueza de determinação, não importa o motivo. O fato é que precisamos colaborar da melhor maneira que pudermos para que aqueles com quem tivermos contato sintam-se sempre mais encorajados e tranquilos ao saírem da nossa presença. Vamos cooperar, no sentido de eliminar julgamentos e interpretações errôneas das nossas vidas. O que o outro faz é responsabilidade dele, sim, mas não temos o mínimo direito de aumentar a infelicidade das outras pessoas devido ao nosso modo de entender o mundo do outro que – justamente por ser do outro – não nos pertence.

A avidez por novidades e o gosto pelas fofocas e conversas fúteis faz com que muitas vezes deixemos escapar comentários infelizes que semeiam no outro dúvidas e negatividade.

Explico melhor. Falta, muitas vezes, em nós a atitude de acolhimento sincero ao problema das outras pessoas. Lembremo-nos de que como indivíduos temos formas diferentes de agir, pensar e sentir. Portanto, o que para uma pessoa é um grande problema para outra é totalmente insignificante. Mas, o fato de algo ser significante para um, não quer dizer que aquele que vê na mesma situação um problema sério deva ser menosprezado por aquele que tem facilidade em lidar com a mesma questão de maneira mais leve. Assim, por exemplo, fatos como ser filho adotivo, ter uma deficiência ou uma enfermidade, ter um corpo fora dos absurdos "padrões" adotados sabe-se lá por quem, podem ocasionar complexos de inferioridade, transtornos diversos e sentimento de menos valia em uma pessoa, ao passo que para outra não causam qualquer sentimento negativo.

Tal acontece porque cada qual entende a situação da sua própria maneira, e não adianta simplesmente ignorar o que cada um sente, ou achar que "tudo isso é uma bobagem", pois tais "bobagens" podem trazer sérias consequências para aquela criatura. Sejamos, pois, mais acolhedores e menos críticos, mais compreensivos, e livres de julgamentos, pois não somos melhores nem piores do que os outros. Somos, sim, seres em construção que são hoje o que é possível ser neste exato momento. A partir desse entendimento, acredito que muito progresso pode ser alcançado tanto individualmente como a um nível que possa abranger todo o planeta – e mais além.

A vitória de Emanuel

Na Terra era Carnaval quando acolhemos o jovem Emanuel. Manu, como todos o chamavam, chegara trazido por uma das avós que já vinha assistindo o neto havia algum tempo. Em vão, tentara colocar na cabeça da filha a necessidade de ter um olhar mais cuidadoso em relação ao filho. Alta executiva de importante multinacional, Claudia trabalhava demais e se ausentava de casa por longos períodos. Na ânsia de manter a carreira em alta, ocupava todo o seu tempo trabalhando e se aperfeiçoando, o que, aliás, lhe rendia não somente um enorme - e merecido - salário, mas também o reconhecimento de todos que sabiam da sua trajetória. Ela era extremamente competente e qualificada e recebia propostas de trabalho o tempo todo. O ex-marido era também um executivo, e a única coisa que tinham em comum era a falta de vontade de colocar Manu em suas vidas, nem que fosse por algumas poucas horas durante a semana.

Lucia, a avó que o trouxera até nós, desencarnara logo depois do nascimento do menino, seguindo o marido que já havia desencarnado.

A avó paterna, Adelaide, morava em outra cidade, e cuidava do marido, cuja saúde frágil demandava muitos cuidados. Mesmo assim, nas férias ele era mandado para a casa dos avós, onde recebia a dose de carinho que faltava na sua própria casa.

Adelaide e o marido, Antenor, faziam de tudo quando o menino estava com eles. Quando entenderam que o pequeno era, na verdade, um fardo para os próprios pais que estavam sempre tão cheios de compromissos, conversaram com eles e se propuseram a cuidar do menino. A ideia foi aceita sem qualquer relutância, pois ambos viram aí a oportunidade de se desincumbirem da tarefa de criar um filho que eles nem haviam desejado. Na verdade, Manu viera por descuido. O casal já havia decidido o tipo de vida que desejavam ter. Embora não quisessem ser pais, acolheram a ideia com carinho e em nenhum momento cogitaram a ideia de não deixar que a criança nascesse. No entanto, depois que Manu veio ao mundo, eles se deram conta do real trabalho e da responsabilidade que ter um filho envolve. Isso é muito comum, aliás; muitos pensam em ter filhos, sem, porém, avaliar se realmente desejam a incumbência. Ter filhos exige que aceitemos o fato de readaptar a vida para oferecer à criança o melhor em todos os sentidos. É saber repartir o tempo para dar atenção ao pequeno ser e, ao mesmo tempo, continuar tocando a vida nas outras áreas de forma equilibrada.

Quero aqui destacar que muitas vezes se dá pouco valor à vida de modo geral. Filhos pequenos exigem vários cuidados no que se refere à higiene e alimentação, e bastante carinho – para que sejam emocionalmente saudáveis. Vejo que muitos colocam em mãos pequeninas a tecnologia disponível a fim de que as crianças se distraiam e os deixem em paz. Assim, acostumam os filhos a terem a atenção de uma tela, ao invés de brincarem e procurarem atividades que de fato desenvolvam a criança nas diversas áreas da vida e que contribuam para que ela tenha a capacidade de aprender valores e de interagir com pessoas. Mais tar-

de, esses mesmos pais ou cuidadores reclamam do jovem que não conversa e não expõe os poucos sentimentos que aprendeu a desenvolver.

O ser humano é social por natureza, e necessita de acolhimento. Embora estejamos aparentemente sós na hora de nascer e no momento de desencarnar, encontramos conforto no acolhimento que nos é oferecido nas diversas situações da vida.

Depois de mudar de vez para a casa dos avós, Manu teve uma vida muito boa. Na época ele estava com 5 anos e ali sim conseguiu ter a vida que toda criança merece: brincava, ia à escola, recebia carinho, alimentação adequada, tinha amigos, enfim uma vida comum repleta de alegria.

Quando ele estava com 12 anos o avô desencarnou. Naturalmente a ausência dele foi muito sentida – principalmente por ele e pela avó. Antenor era alegre e jovial e, apesar da doença crônica, brincava com o neto e o instruía acerca dos mais variados temas. Assim, Manu e Adelaide ficaram sozinhos na casa. Porém, tinham um ao outro, e muitas recordações para compartilhar. Apesar da ausência física de Antenor, continuaram vivendo em clima de alegria. Ambos acreditavam muito que voltariam a reencontrar Antenor, e juntos cantavam o refrão "Qualquer dia amigo, a gente vai se encontrar..." ("Canção da América", composição de Fernando Brant e Milton Nascimento, lançada em 1979).

A vida de Manu prosseguiu nesse mesmo ritmo por mais alguns anos. Um dia, ao chegar da escola, ele encontrou Adelaide no chão, desacordada. Chamou socorro e acompanhou-a ao hospital, mas como era menor de idade não podia tomar decisões. Os pais, juntos, chegaram rapidamente e tomaram as providências necessárias.

Em poucos dias a vida de Manu havia se transformado, virado de cabeça para baixo. Devido ao estado de saúde de Adelaide, eles acabaram mudando para mais perto dos pais, a fim de que pudessem dar a ela qualquer assistência necessária. Embora separados, Ivan e Claudia eram bons amigos; eles haviam se separado mais em função do estilo de vida que cada um tinha do que por falta de amor.

Foram contratados acompanhantes, enfermeiros e havia todo um aparato para dar a assistência necessária a fim de que Adelaide desfrutasse de conforto. Porém, Manu e Adelaide não estavam em seu "habitat natural", e havia agora uma série de mudanças decorrentes do estado de saúde dela. Embora ela fosse muito grata por tudo o que estavam fazendo por ela, sentia falta da vida que tivera antes. Mas, como era uma pessoa extremamente flexível, foi deixando para trás o passado para viver o presente, aceitando as mudanças. Afinal, havia vivido uma vida de tantas alegrias; seria um desperdício reclamar ou ficar se martirizando pelo que não mais possuía. Assim, foi colocando em Manu ideias positivas sobre a nova vida, e dizia a ele que haviam apenas mudado de endereço, que ele encontraria novos amigos e que poderia voltar para rever os amigos antigos sempre que assim o desejasse. Apesar de não estar totalmente convencido do que

Adelaide lhe ensinava com tanto amor, ele procurou adaptar-se à nova situação, e aos poucos foi aceitando o novo estilo de vida.

Tudo parecia estar caminhando bem, quando em um domingo pela manhã, muito cedo, Adelaide o chamou. Ambos dividiam o mesmo quarto, e logo ele acordou e dirigiu-se à cama onde a avó dormia.

— Filho do meu coração, eu preciso falar com você agora.

— Claro, vozinha!

— Escute bem, seu avô está aqui conosco, e também os meus pais e a minha madrinha. A sua avó Lucia também se encontra aqui. Eles vieram me buscar.

— Não! Eles não podem fazer isso!

Ele começou a chorar. Ambos acreditavam que era assim mesmo que acontecia, que na hora derradeira seriam levados por seus afetos. Mas, Manu não podia imaginar-se sem a companheira de vida que estava prestes a partir para o Plano Espiritual.

— Ouça com atenção — continuou Adelaide acariciando a cabeça do neto que se aconchegara em seu peito. - Amanhã a essa hora já estarei em outro lugar. Preciso que você continue vivendo da melhor forma possível, sempre lembrando que ninguém está só no Universo. Já conversamos sobre isso diversas vezes. Você sabe que é verdade. Sabe, também que a reencarnação é uma oportunidade preciosa, e que precisamos fazer o melhor possível para viver cada nova vida de forma plena, buscando aprender e aproveitar o melhor que conseguirmos. Estaremos sempre velando por você. Lembre-se da "Canção da América". Mais do que tudo, somos todos amigos de outras encarnações: eu, você, seu avô e a avó Luísa já estivemos juntos muitas vezes e estaremos novamente sempre que assim for permitido. Mas, por ora, estaremos momentaneamente separados fisicamente. Apenas fisicamente, pois os laços de amor são eternos e indestrutíveis. Viremos visitar você sempre que possível. E, até que estejamos juntos novamente, cuide-se bem. Finalmente, um alerta muito importante: mantenha-se encarnado até que desencarne naturalmente.

Manu olhou para ela com os olhos arregalados sem entender.

— Meu filho, você já tirou sua própria vida em outras encarnações. Precisamos que desta vez deixe a vida pulsar em você até o último instante para que possamos nos reunir e estarmos juntos para cumprir planos que já foram traçados por todos nós em outra ocasião. Prometa que desta vez completará a sua jornada terrestre sem cometer suicídio.

Como se estivesse assistindo a um filme, Manu pôde ver a si mesmo tirando a própria vida em mais de uma ocasião: afogando-se, tomando veneno, enforcando-se... Estava convencido de que o que vinha depois era muito doloroso. Compreendeu que o grupo de amigos o apoiava em todas as ocasiões, tanto reencarnado junto com ele, como o acolhendo no plano espiritual.

Abraçando-se ainda mais a Adelaide ele olhou-a nos olhos e disse:

— Prometo, vozinha. Desta vez irei até o fim.

De repente o quarto se iluminou e ele pôde ver o avô, a avó Luísa, a bisavó, o bisavô, a madrinha de Adelaide, e alguns outros espíritos que sorriam para ele.

Manu acordou sobressaltado. Dormira demais. Virou-se e viu que a avó estava deitada ainda. Isso não era seu costume. Seu corpo gelou. Lembrou-se do sonho que tivera. O relógio soou anunciando que eram 9 horas. Ele pulou da cama e correu até a cama de Adelaide. O semblante sereno mostrava um sorriso. Ele apenas constatou o que já sabia: o seu coração já não pulsava mais. Abraçou-se a ela com carinho e reforçou:

— Prometo. Dessa vez viverei até quando tiver que viver!

Dali em diante a vida ficou um pouco mais sem graça, mas Manu sabia que de algum lugar aqueles que o amavam velavam por ele. Era grato aos pais que haviam deixado que ele reencarnasse. Prosseguiu na vida conforme havia planejado: estudou, cursou a faculdade de Letras, pois gostava de escrever, e pretendia ensinar crianças e jovens a gostarem disso também. Amava os pais e usufruía de bons momentos com eles sempre que possível.

Naquela manhã de carnaval saíra para andar de bicicleta e fora atropelado. A desencarnação foi imediata. Manu foi trazido para nós a fim de receber a assistência necessária, mas a sua recuperação foi rápida. Acolhido pela nossa equipe e pelos seus afetos, ele comemorava conosco a sua vitória. Vencera a si mesmo, e desta vez desencarnara sem tirar a própria vida.

Conforme havia sido planejado anteriormente, todos voltarão à Terra para cumprirem um projeto de valorização maior da vida.

Um grupo de jovens

A tarde nos convidava à reflexão. Sentada em um imenso auditório, junto a pessoas queridas, ouvíamos música e assistíamos palestrantes trazendo mensagens que revigoravam o nosso ânimo.

Ao deixarmos o ambiente, todos nos sentíamos leves e encorajados. Sabíamos que, embora as tarefas a cumprir nem sempre parecessem fáceis, elas só chegam até nós por estarmos preparados e também para que tenhamos a oportunidade de aprendizado e de crescimento.

Conversávamos animadamente quando fomos chamados para auxiliar em um assunto urgente. Havia chegado até nós um grupo de jovens que decidiram suicidar-se ingerindo uma substância altamente tóxica e mortífera. Estavam todos dementados e visivelmente perturbados ao extremo por estarem "vivos" embora houvessem tirado a própria vida.

— Como assim não morremos? — gritava um.

— Porcaria de veneno! — esbravejava outro.

— Vocês estão sentindo o estômago queimar? — queixava-se uma garota aos prantos.

Envolvemos a todos em uma onda de energia magnética a fim de que se acalmassem e pudessem descansar um pouco. Levamos cada um deles ao pronto socorro. Acomodamos os jovens em leitos e fizemos a sua higiene. Eram nove no total. Eles nem haviam percebido a nossa presença, pois em meio à agitação na qual se encontravam somente percebiam o seu próprio desespero.

Tratamos deles durante vários dias, porém sem os despertarmos. Nosso intuito era fazer com que eles se fortalecessem e que suas ideias ficassem mais claras para somente depois conversarmos com cada um.

Cerca de dez dias após a chegada do grupo, um dos jovens despertou. Era Rubens. Não se dera conta de que já não possuía o corpo físico.

— Não morri, mas agora a minha mãe vai me matar de tanto bater! — dizia ele assustado.

— Calma - disse eu. — Tudo vai ficar bem. A sua mãe não irá fazer nada disso. Fique tranquilo.

Ele pareceu não acreditar muito que não seria castigado, mas consegui que se tranquilizasse e comesse um pouco para em seguida cair novamente em sono profundo do qual levou outra vez alguns dias para despertar.

Os outros jovens passaram por processos semelhantes. Alguns acordavam zangados, outros decepcionados e outros arrependidos. Após algumas semanas nós os reunimos, e isso me lembrou muito de quando eu mesma participava do grupo orientado por Mari em outra ocasião.

É muito interessante o fato de que geralmente num primeiro momento não nos damos conta de não termos mais o nosso corpo físico. Nosso primeiro impulso é querer por perto alguém que nos seja caro, ou pedir para que avisem onde estamos para aqueles que se preocupam com o nosso bem-estar.

Nossos jovens tinham entre 14 e 19 anos. Todos estudavam juntos em um curso de artes. Por algum motivo começaram a achar que o suicídio seria uma solução para os seus problemas pessoais. Invariavelmente eram jovens atormentados por problemas reais ou por se sentirem sós e abandonados diante de um mundo desconhecido.

Pedimos a eles que se apresentassem, e o primeiro a falar foi Zeca.

— Tenho 14 anos. Sou "órfão de pais vivos" — disse rindo com amargura. — Meus pais não me dão a mínima atenção. Na verdade, nem queriam que eu tivesse nascido, pois já tinham meus dois irmãos. Mas foi bom nascer. Ao menos fiquei esse tempo fazendo algumas coisas legais.

Todos riram.

— Nossa história é bem parecida — disse uma das meninas. — Somos gêmeas, falou apontando para a garota que estava ao seu lado. Sou Tábata e ela é Samanta: "as feiticeiras"! Havia um seriado na TV que nossa mãe adorava, então resolveu nos dar esses nomes. Gostamos muito. Temos 16 anos. Nossos pais não queriam filhos, mas tiveram duas meninas de uma vez.

Elas eram ruivas e delicadas. Podia-se perceber que havia muita tristeza na voz de Tábata, que logo caiu em prantos. Rubens - que estava ao seu lado - e Samanta abraçaram-na.

— Sei bem o que é isso — disse ele. — Quando os pais não querem a gente, a vida faz menos sentido. Nossa casa deve ser sempre o lugar de aconchego, o nosso refúgio. Fico revoltado quando o pessoal reclama que o pai da bronca, que a mãe se preocupa. A minha só me bate. Se estiver brava, preocupada, sem dinheiro, até quando está de bom humor ela bate.

Todos riram, mas em seguida Carlos falou:

— Apanho muito também, mesmo já tendo 16 anos. Sou grande, mas nunca revidei. Meu pai gosta de bater. Chega bêbado e drogado e quando não está desse jeito, bate. Vai entender a cabeça louca dele.

Nós o olhamos com compaixão. Ele era um rapaz alto, mas bem magrinho. Tinha olhos assustados e sua fala mostrava medo.

— Somos vizinhos: Suzi, Beto e eu, Miguel. Moramos no mesmo prédio. Decidimos morrer por achar a vida sem graça demais. Temos todos 19 anos.

Finalmente Nando se apresentou.

— Não sei por que fui fazer isso. Acho que só por achar que o mundo é um lugar muito ruim. Minha vida é boa. Mas um desespero perante mim mesmo e essa maldita depressão que descobri que todos aqui temos, acabou me levando a isso.

Ele começou a chorar desesperado.

Convidamos a todos que se abraçassem e que falassem o que sentissem vontade. Ficamos por várias horas conversando com aquelas jovens que por motivos diversos haviam desistido da vida.

Depois de algum tempo eles entenderam que haviam de fato deixado o corpo físico, isto é, que haviam alcançado o seu objetivo. Aos poucos cada um se recuperou e todos começaram a trabalhar, inclusive auxiliando jovens como eles que vieram cedo demais para o outro lado da vida.

Capítulo 6

A vida prossegue dos dois lados, em todos os mundos e dimensões. É assim que é. É assim que deve ser. Apenas o tempo e a persistência podem sanar os diversos assuntos que trazemos conosco de outras vivências. É muita ingenuidade acharmos que as "pendências" podem ser resolvidas de uma só vez e sem trabalharmos para isso.

Somos seres que já têm várias experiências fazendo parte da sua história e não sabemos o quanto tais experiências nos marcaram tanto positiva como negativamente. Assim, é preciso mergulharmos fundo em nós mesmos e trabalharmos o autodescobrimento a fim de dissolvermos traumas e dizimarmos as sequelas deixadas por eles.

Muitos desanimam da jornada perante cada novo obstáculo que surge à sua frente. Isso faz com que não se chegue a lugar algum, pois as interrupções contínuas não deixam fluir os acontecimentos. Naturalmente nenhum de nós quer viver dessa forma. Normalmente agimos assim simplesmente por não sabermos agir de modo diferente. Ressignificar as situações é justamente o nosso grande desafio e precioso aprendizado.

A cada instante somos convidados a vencer novos desafios, e é necessário fazer isso com maestria. Repetir o mesmo comportamento e esperar resultados distintos é algo impossível de acontecer. Todos temos consciência disso, porém, continuamos com tal comportamento, e ainda por cima culpamos a Deus, aos outros, e acreditamos que estamos sofrendo uma enorme injustiça.

Vamos analisar tal situação de maneira imparcial. Se acredito estar sofrendo algum tipo de injustiça já me coloco em posição de vítima. Esqueço que na verdade atraio para a minha vida pessoas e situações que vibram na mesma sintonia na qual me encontro. Era exatamente disso que Jesus falava quando nos disse: "vigiai e orai". O tempo todo damos vazão a pensamentos dos mais diversos, sem nos preocuparmos com a qualidade do que pensamos. Damos "corda" para pensamentos e ideias destrutivas, negativas, pessimistas. Você não precisa acreditar no que digo, apenas convido você para que observe e tire as suas próprias conclusões: tudo é muito claro, basta ter vontade, coragem e humildade para admitir que se pode fazer diferente – e de maneira muito melhor – aquilo que fazemos automaticamente o tempo todo por já estarmos acostumados a isso e por ser mais cômodo assim.

Se queremos mudar as nossas atitudes e as nossas crenças precisamos trabalhar para isso, e tal trabalho pode trazer constatações nem sempre agradáveis. Por exemplo, quando me descubro uma pessoa rancorosa, vingativa ou algo assim, vem logo uma série de justificativas para explicar que "fiquei assim ou sou assim por causa disso ou daquela pessoa que agiu desta ou daquela forma comigo". Veja bem, as pessoas muitas vezes irão chatear você. Porém, o que as pessoas fazem vai afetar você o quanto você permitir.

Você deve estar pensando: "A maneira rude como fulano me trata é real e me aborrece" ou "não tenho boas oportunidades, pois as oportunidades melhores estão reservadas a quem faz parte de um grupo", ou ainda "as pessoas não são como deveriam ser". É claro que estes são apenas alguns exemplos porque a lista é interminável. Mas essas são algumas das queixas mais comuns. Vamos falar sobre elas?

"Cada um dá o que tem". Certamente você já ouviu essa frase inúmeras vezes. Mas costuma de fato pensar assim? Entende de verdade o que isso significa? Cada um tem as suas próprias limitações, o seu jeito de ser. A forma como cada um se apresenta ao mundo tem vários motivos, como a criação que a pessoa recebeu, as crenças que foram passadas para ela, o inconsciente coletivo, a vivência e as experiências vividas por ela. Cada um de nós é um universo, e há muito para ser descoberto acerca de cada um. Portanto, se pararmos de nos preocupar com aquilo tudo que o outro faz e passarmos a cuidar melhor do que vai no nosso íntimo, estaremos fazendo algo bem mais útil para nós mesmos e para aqueles que nos cercam. Explico melhor: a pessoa que achamos "difícil" está dentro do seu próprio processo de evolução e por vezes não tem clareza necessária para enxergar de forma mais objetiva o que está se passando. É como se ela estivesse vendo um filme, mas não conseguisse acompanhar a história inteira, e sim partes dessa história. Então, que direito temos nós de culpá-la por aquilo que ela não consegue ver?

E aí chegamos a um outro ponto de extrema importância. Se o outro não vê como eu acho que ele deveria ver, certamente outros conseguem ver em mim, também, as falhas que tenho. Certamente eu também faço coisas que chateiam os outros e obviamente não correspondo a todas as suas expectativas em relação a mim.

Você consegue entender que cada um de fato só pode dar aquilo que tem? O que importa mesmo é que cada um faça sempre o melhor que souber naquele momento, entendendo as limitações e se propondo a melhorar cada vez mais, pois para isso fomos criados: para evoluir!

Então, se o outro é rude, desatencioso ou apresenta qualquer comportamento que desagrada você, entenda que isso é o que ele é capaz de oferecer no momento. Faça a sua parte compreendendo aquela pessoa, e de preferência amando-a apesar da "qualidade negativa" que você vê nela.

Somos sempre convidados a realizar coisas; desde fazer um café, limpar um ambiente até comandar um projeto, tudo tem o seu valor e proporciona a oportunidade de contribuir para que determinada situação seja levada adiante. Lembremo-nos sempre de que o trabalho - qualquer que seja - é digno e abençoado. A grandeza da tarefa não está propriamente na tarefa, mas sim na forma como a executamos.

Daquela tarde em que "mudei de endereço" e vim para o outro lado da vida até hoje, muitas coisas aconteceram que proporcionaram um grande aprendizado. Descobri durante esse processo que as lições são disponibilizadas o tempo todo, mas que depende de nós aproveitarmos os acontecimentos como lições que são. Embora isso pareça óbvio, não estamos habituados a enxergar dessa forma. Geralmente a vida vai acontecendo, e nós vamos caminhando conforme sabemos e podemos, porém sem nos colocarmos diante dos fatos como eternos aprendizes que somos. Costumamos deixar que a vida nos conduza em vez de conduzirmos a vida para tirarmos dela todo o proveito possível.

Costumamos ver cada novo dia apenas como um dia a mais, sem pararmos para refletir no grande presente que recebemos a cada nova oportunidade de fazermos algo - por mais simples que seja - para melhorarmos a nós mesmos e ao ambiente e pessoas que nos cercam. Não me refiro aqui a coisas grandiosas, mas sim às coisas do cotidiano que podem de fato fazer muita diferença na nossa própria vida e no nosso meio. Vamos parar de economizar sorrisos, gentileza e amor. Sejamos gratos por tudo o que recebemos a todo momento, entendendo que dessa maneira estaremos fazendo do mundo um lugar melhor para viver. Espalhemos ao nosso redor todo o bem que pudermos, a fim de que esse bem seja cada vez maior. Que saibamos modificar com sabedoria tudo aquilo que estiver ao nosso alcance para que cada vez mais a bondade e a alegria se façam presentes na vida de todos.

Costumamos esperar por acontecimentos grandiosos e magníficos e não nos damos conta de que eles são, na verdade, a soma de pequenos gestos e de situações cotidianas. É na simplicidade que reside a grandeza.

Quando, algumas vezes, acordamos tristes, ou sentindo que estamos de certa forma "deslocados" de nós mesmos, procuremos parar por alguns instantes, relaxar, respirar, entrar no nosso íntimo, escutar o que acontece lá dentro de nós. Encontraremos sempre a resposta certa para cada situação, pois todas as respostas estão o tempo todo dentro de cada um de nós.

Estamos tão habituados a correr de um lado para o outro, sempre na pressa e na ânsia por algo que nem sabemos ao certo que é, que nem paramos para escutar os nossos próprios sentimentos.

De certa maneira, essa busca incessante por algo que não sabemos ao certo o que é, acaba fazendo com que nos percamos da nossa essência, e é por isso que tantas vezes nos sentimos desnorteados e vazios. Esse vazio é, na verdade, a falta do nosso eu em nós mesmos. Um exemplo bem clássico é quando perguntamos ao indivíduo "quem é você?" ele responde dizendo o seu próprio nome ou profissão, quando na verdade isso não é quem somos.

Quem somos, afinal? Somos seres que buscam, desejam, e nunca se satisfazem pois têm anseios que nem sabem quais são. A falta de foco e de objetivos - por mais simples que sejam - pode fazer com que caminhemos pela vida sem rumo, e é isso que acaba trazendo frustrações e incertezas. Caminhamos aleatoriamente, e isso faz com que cheguemos a qualquer lugar. Assim, o lugar ao qual chegamos nem sempre é satisfatório, pois é um lugar qualquer, e não aquele que traz alegria ou no qual se quer permanecer.

Naturalmente, por vezes os caminhos têm mais obstáculos e é exigido um esforço maior para que se chegue ao destino. Porém, quando sabemos o porquê de estarmos neste e não em outro caminho, alcançamos a nossa meta e chegamos. Sentimos, então, que nossos esforços foram recompensados, e que valeu a pena suportar as intempéries durante a jornada. Esse pensamento serve para qualquer coisa que estivermos buscando, desde a mudança de um comportamento até atingir metas relacionadas a estudo, trabalho ou a conseguir algo.

Enquanto encarnados, há muitas necessidades a atender, inclusive as de ordem material, como preparar-se para uma profissão ou comprar o que necessitamos. A vida na Terra pode ser bem melhor se nós nos lembrarmos de que não é necessário tomá-la de um só gole, ou seja, podemos viver com calma, cuidando assim da saúde e do equilíbrio mental, físico e espiritual.

Resumindo, viver correndo atrás do desconhecido trará cansaço com certeza, mas talvez não traga a tranquilidade necessária. Busquemos sempre o equilíbrio em tudo o que fizermos para que possamos usufruir de tudo o que a vida moderna oferece, sem, no entanto, nos tornarmos escravos de certas condutas e padrões. A simplicidade é ainda o melhor caminho no que se refere a pensar e a agir.

Epílogo

Meu muito caro leitor,

Aqui encerro essa narrativa, esperando haver contribuído um pouquinho para esclarecer alguns pontos sobre os quais sempre nos perguntam. Naturalmente, temos aqui uma amostra muito pequena do que é a vida do outro lado da vida. Quero, no entanto, deixar a vocês a certeza da continuidade da vida, da imensa bondade do Pai para conosco, de que sempre estamos amparados, de que nunca estamos sós, e finalmente, de como os ensinamentos de Jesus – nosso Mestre e amigo – são uma bússola segura para nos guiar. Pessoalmente, amo a frase "Amai-vos uns aos outros assim como eu vos amei". Quando o amor reger os nossos atos mais pequeninos, veremos o Paraíso se instalar nas nossas vidas.

Como mensagem final, reitero aqui a importância do autoamor, autoperdão e autocompreensão, pois como ninguém pode dar o que não tem, se eu não me amo, não me perdoo e não me compreendo não posso oferecer isso aos que estão ao meu redor.

Sejamos brandos em relação aos outros e a nós mesmos, pois desconhecemos a maioria dos fatos que envolvem cada um de nós. Refiro-me aqui às nossas experiências passadas, uma vez que elas também contribuem e contribuíram para que nos tornássemos o que somos hoje.

Que cada um de nós possa ser sempre abençoado e acolhido nos dois lados da vida.

Sou grata pelo carinho de todos vocês e sou grata por terem me acompanhado nesta narrativa.

Fiquem na paz.

Com muito carinho,

Roberta

AGRADECIMENTOS
MARISA

Sei que vão faltar muitos nomes, e desde já peço que me desculpem por isso. Embora a lista não esteja completa, agradeço a algumas pessoas que da sua maneira me incentivaram, apoiaram ou inspiraram. Muitas já não estão deste lado da vida, e tantas outras nem devem mais se lembrar de mim; mas o que importa é que cada uma contribuiu para que eu me tornasse quem eu sou hoje.

E, se acaso eu não me lembrei justamente de VOCÊ, *vamos colocar aqui o seu nome: _______________.*

Álvaro Ramos da Fonte Neto, Bruna Ramos da Fonte, Ana Maria da Fonseca Santos e Carlos da Silva Santos, Família Darwiche: Carla, Omar, Rafaella e Isabella, Fernanda e Fernando, Paulo Roberto Gimenes, Suely Aparecida da Fonte, Leandro Alexandre da Fonte, Marcelo Luis da Fonte e Maralice Rodrigues, Elaine Salles Novo, Sidnei Salles Novo, Rosa Maria, Wilson, Gisele e Marcia, Bel e Airton Tonon, Ana Maria Soneghetti, Arlete Codonhoto, Rita de Cássia dos Passos Ledier, Gabriela dos Passos Ledier e Alexandre Ledier, Claudia Duran, Wagner Domingues, Gustavo e Eduardo, Elaine Duran e família, Dona Tata, Maria Cristina Gandolfi, Elisa Mara Marcusso, Claudio Arantes, Claudio Graziani, Dona Abertina, Eugenia Nunes e Alírio, Francisco Carlos Vieira Voccio, Marcel Falopa, Hamilton, Rosilene, Laísa e Kelvin, Ondina Coelho, Rafael Coutinho, Daniel Rinaldi, Iaraná Cavalcanti Verdini, Inês Angelo, Eronete e Juvenal Colmanetti, Maria José, Natércia e Tânia Freire, Maria de Fátima Duro, Elisabete Varim, Teresa, Teresinha e Miguel de Jesus Sardano, Suzete e Fernando Botasso, Karla Cristina

Furlin, Ângelo, Maria Aparecida Zinoni Silva, Maria Aparecida Pizarro, Maria Villar, Carlos Eduardo, Deise Guelere, Cleusa e Katia Augusto, José Carlos Diogo, Kiko Cesar, Fabiano Ivanov, Fabiano Valente, Mirela e Valentim, Maria Estella Valente e família, Fabio Higa, Fernanda Guerreiro Rossi Higa, Enzo e Lucas, Tokiko (Raquel) Higa, Ana Paula Kayo, Marisa Gomes de Lima, Miriam Gomes de Lima, Silvestra Pizza, Maria Pizza, Shirley Morata, Simone Primo, Sonia Juni, Renato Leandro de Oliveira, Dani e Fabio, Vanessa e Denis Munir, Celia e André, Denise, Marcelo e Rodrigo, Nelson Falcão, Neide Falcão, Míriam Miràh, Marcos, Tati e Gustavo Henrique, Beatriz Ubeda Negri, Marilda e família, Vanessa e filhos, Valmiria Duarte, Renata Martins, Leandro Percário, Marcia Luz, André Sampaio, Amigos de Jundiaí, Cassia Pan, Meus primos todos, Meus Alunos (de ontem e de hoje), Meus Analisandos e Coachees (de ontem e de hoje), Todos os companheiros do Bezerra de Menezes, Pessoal dos meus cursos (muitos para enumerar!), Professores e Colegas do Espaço Caminho do Meio (Santo André), Casas espíritas que acolhem o meu trabalho e todas as equipes que lá atuam (algumas delas: Bezerra de Menezes, Redentor, Obreiros da Vida Eterna (Santo André), Misail (São Caetano do Sul), Allan Kardec (Mauá), Editora CEAC (Bauru)...

(In memorian): Adolfo Keck, Anna Maria Keck, Irma Keck, Emma Zeller Keck, Peter Keck, Helcias Cavalcanti da Silva, Eva Ross Keck, Álvaro Ramos da Fonte, Sylvandira Paschoa, Nilton Salles Novo, Olympia Lemonica, Rubens Salles Novo, Felipe Rodrigues Leal, Francisco Xavier, Emmanuel, André Luiz, Joana Paula Oliveira da Fonseca, Romilda Travalon (vó Nena), Conceição, Walter Bonfim, Sr. Nalli, Zíbia Gasparetto, Antonio Carlos, Carmen Gomes de Lima, Francisco de Lima Dias, Dona Cidinha, Dona Rosa Maria, Senhor Dirson, Mariza, Luiz Antonio Gasparetto, Luis Sérgio, Paulo Alberto Mazzucato, Reno José Marcoli, Richard Simonetti, Maria Leiro, Roberta da Silva Santos, Sitael, Um amigo, Poeta, Sebastião, Luiz Cerqueira, Sergio Fonseca, Jerônimo...

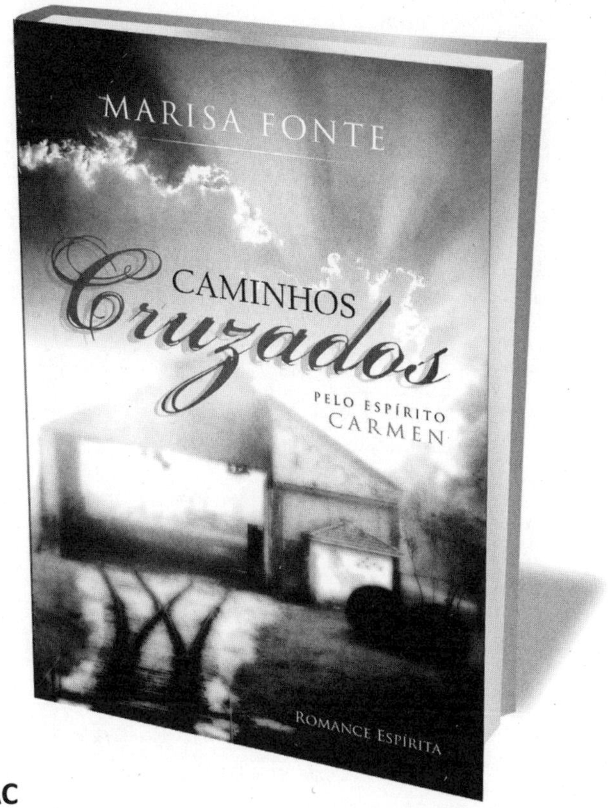

Editora CEAC

TÍTULO: **CAMINHOS CRUZADOS**

AUTORA: **MARISA FONTE**

PELO ESPÍRITO **CARMEN**

GÊNERO: **ROMANCE**

FORMATO: **14X21**

PÁGINAS: **232**

Caminhos Cruzados

Mariana tem uma família equilibrada e feliz. Porém, em uma determinada manhã um acontecimento totalmente inesperado muda suas vidas para sempre. Como eles encontrarão a paz e o equilíbrio necessários para superar esse obstáculo? Quem é Felipe, o belo jovem misterioso que cruza o caminho de Mariana? De que forma suas vidas estão entrelaçadas?

Percorra estas páginas emocionantes e tenha certeza de que as nossas vidas sempre se cruzam com aquelas ao nosso redor a fim de que possamos ter novas oportunidades de aprendizado.

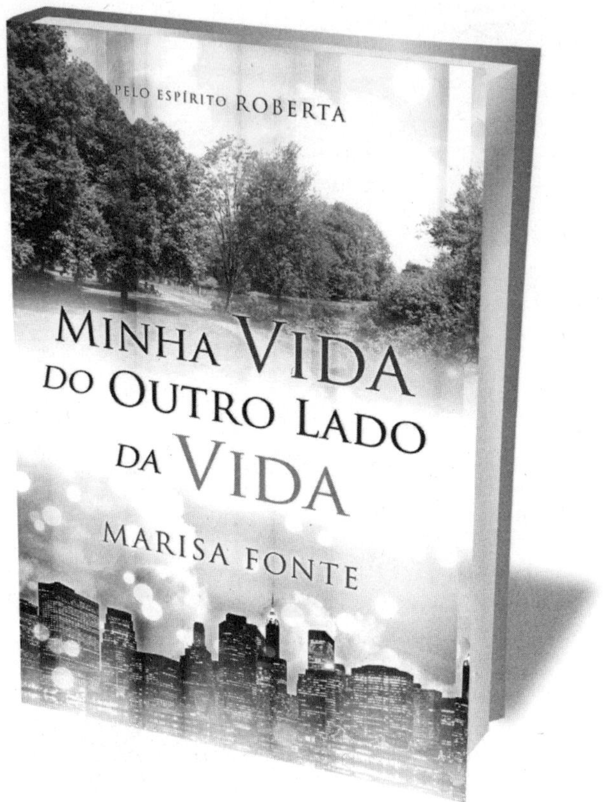

Editora CEAC

TÍTULO: **MINHA VIDA DO OUTRO LADO DA VIDA**

AUTORA: **MARISA FONTE**

PELO ESPÍRITO **ROBERTA**

GÊNERO: **ROMANCE**

FORMATO: **14X21**

PÁGINAS.: **152**

Minha vida do outro lado da vida

Neste livro Roberta nos conta um pouco da sua vida após a sua partida para o plano espiritual, ou outro lado da vida. Ela nos emociona ao falar dos seus sentimentos e de como superou as dificuldades enfrentadas no início da sua nova jornada.

Serve esta obra de alento a tantos quantos já viram partir seus afetos, reforçando em todos nós a certeza de que a vida continua do outro lado da vida.

Centro Espírita Amor e Caridade

CEAC - Bauru - SP

Atividades Filantrópicas

- **Albergue Noturno**

  Serviço de Acolhimento Institucional para Adultos e Famílias - Casa de Passagem
  Rua Inconfidência, 7-18

- **Núcleo Parque das Nações - Projeto Crescer**

  Av. José Vicente Aiello, 8-20

- **Núcleo Jardim Ferraz - Projeto Crianças em Ação / Inclusão Produtiva**

  Rua Padre Donizete Tavares de Lima, 3-31

- **Núcleo Fortunato Rocha Lima**

  Projeto Girassol
  Rua João Prudente Sobrinho, nº 1-97

- **Creche Berçário - Nova Esperança**

  Rua Soldado Mario Rodrigues, 1-60

- **Núcleo Nova Esperança - Projeto Esperança**

  Rua Soldado Mario Rodrigues, 1-60

- **Núcleo Vila São Paulo - Projeto Colmeia**

  Rua Baltazar Batista, 3-74

- **Núcleo Ferradura Mirim - Projeto Seara de Luz**

  Avenida Santa Beatriz da Silva, 6-16

- **Projeto Comini - Assistência a famílias de presidiários e/ou egressos do sistema penitenciário.**

- **Assistência a hospitais - Grupo Irmã Sheila**

  Atendimento a hospitalizados e acompanhantes - Casa de apoio.

- **Assistência fraternal a enfermos**

  Serviços de fluidoterapia em domícilio para acamados.